Fritz-Peter Linden
Et jit noch immer net jerannt

Vom Autor bisher bei KBV erschienen:

Jacques Berndorf - von der Eifel aus betrachtet
Et jit net jerannt

Zum Autor
Der soziale Abstieg von Fritz-Peter Linden, geboren 1962 in Prüm und aufgewachsen in unbescholtenem und wundervollen Stadtkyller Elternhaus, begann spätestens mit dem Entschluss, nach dem Abitur Lehramt zu studieren – Englisch und Kunsterziehung für die gymnasiale Oberstufe. Nach dem Zweiten Staatsexamen ging es weiter bergab: Er unterrichtete mehrere Jahre lang in Aachen, ließ sich nebenher in den Journalismus treiben – und verbaute sich damit sämtliche Chancen auf einen ehrenhaften und in beruhigendem Wohlstand resultierenden Broterwerb. Heute fristet er sein Dasein als Lohnschreiber, -zeichner und -fotograf für den Trierischen Volksfreund (hauptsächlich), für die Kölnische Rundschau und weitere Zeitungen. Im Frühjahr 2011 ließ er sich dazu hinreißen, ein Buch über den Krimiautor Jacques Berndorf zu verfassen, im Herbst des gleichen Jahres erschien der erste Band mit Eifel-Einsichten. Nach wie vor wundert er sich, warum ihn seine Frau geheiratet und deren Söhne ihn adoptiert haben. Dabei gehen sie sogar so weit, ihm gelegentlich ihre eigenen Kinder zu überlassen, damit er an ihnen seine stiefgroßväterliche Zuneigung abreagieren kann.

Fritz-Peter Linden

Et jit noch immer net jerannt

Eifel-Einsichten II

Mit Zeichnungen und weiteren Zugaben

KBV EDITION EYFALIA

Originalausgabe

www.kbv-verlag.de
E-Mail: info@kbv-verlag.de
Telefon: 0 65 93 - 998 96-0
Fax: 0 65 93 - 998 96-20
Umschlagillustration/Zeichnungen: Fritz-Peter Linden
Fotos: Fritz-Peter Linden, wenn nicht anders angegeben
Druck: Aalexx Buchproduktion GmbH, Großburgwedel
Printed in Germany
ISBN 978-3-95441-154-2

Für Brigitte
Mit einem besonderen Dank an Ruth, Harry
und meine tolle Familie

Verschnupftes Vorwort

Es ist ein traumschöner Oktobermorgen, die Sonne lächelt durch die Eifelnebel, ich habe Urlaub und mir einen Pips (Normaldeutsch: Erkältung) eingefangen, aber das ist egal, heute muss unbedingt ein Vorwort geschrieben werden. Denn zack!, schon wieder sind zwei Jahre vorbei, meine Fresse. Und tatsächlich habe ich inzwischen genug Quatsch zu Papier gebracht, um wieder ein Buch daraus zu machen. Was mich dabei freut: Es sind sogar ein paar mehr Kolumnen geworden als im ersten Band, denn mit weniger wollte ich beim zweiten Buch nicht antanzen, sonst fühlt der Leser sich betuppt. Dafür enthält es im Gegenzug weniger Zeichnungen. Allerdings mehr Fotos. Und immerhin diverse, flammneue Studien unseres Wappentiers. Also jede Menge Eichhörnchen.

Ob das nun gut ist oder nicht. Ein Leser meinte nämlich vor ein paar Wochen: Naja, die Kolumne ziehe sich ja manchmal doch ein bisschen. So viel zu meinen Fähigkeiten als Schreiber. Und als ich meiner lieben Kollegin Steffi den Entwurf für den Umschlag zeigte, meinte sie: »Find ich total süß, die Schnecke.« So viel zu meinen Fähigkeiten als Zeichner.

Das kann man jetzt alles am Stück noch einmal überprüfen. Keine Ahnung, ob der Verfasser nachgelassen hat. Manch ein Text dürfte ein Dokument erbärmlichen Scheiterns sein. Hoffentlich aber eines zumindest unterhaltsamen erbärmlichen Scheiterns. Die Leser jedenfalls haben nicht nachgelassen, sondern sind tapfer bei der Stange geblieben, andernfalls wären wir nie bis zum zweiten Band gelangt. Und den ersten haben sie so fröhlich gekauft und verbreitet, dass wir mittlerweile nahezu weltweit gelesen werden, von Kanada bis Taka-Tuka-Land. Heute Morgen zum Beispiel, beim Gemeindefrühstück in Stadtkyll, erzählte mir Mary Peters, dass ihr Sohn Jörg, als Ingenieur seit Jahren in Dubai, das Buch da unten schon kräftig in seiner deutschsprachigen Kollegenschaft herumgereicht hat. Und was sagen die Jungs abends, wenn einer den Letzten bestellen will? Genau: Et jit net jerannt. Was mag da der Emir denken? Hoffentlich das Gleiche wie ich, nämlich: klasse.

Es ist schön, wenn man so angefeuert wird. Und schon ist der Moment gekommen, um Verzeihung zu bitten: Da liegt nämlich noch einiges an Briefen, Mails und Notizen auf dem unsortierten Schreibtisch herum, woraus eines inspirierten Tages neue Kolumnen werden könnten. Nur kommt einem immer was dazwischen. Und nicht immer hat sich die Inspiration schon aus dem Bett gerollt, wenn man selbst bereits am Schreibtisch lümmelt. Und ich muss das ja auch alles erst einmal wiederfinden (»mal aufräumen und den Kram sortieren?«, mahnt das Gewissen. Aber ich höre es kaum, das muss die Erkältung sein).

So, gleich geht's los. Nur das noch: Es bleibt dabei, ohne die Leser keine Kolumne. Sonst wäre das Ding schon längst eingepennt. Deshalb wiederhole ich mich, und zwar gern: Dank allen, die mir Ideen, Geschichten, Weisheiten und weitere Anregungen gesteckt haben und die mir auch die bescheuertsten Texte nachsehen. Viele von ihnen kommen auf den folgenden Seiten vor, manche nicht. Am liebsten würde ich sie hier alle nennen. Aber dann vergesse ich bestimmt jemanden, was unverzeihlich wäre, also lass ich es besser. Dank auch den Verantwortlichen beim *Trierischen Volksfreund* und meinen vielen guten Kollegen dort.

Und besonders meiner Frau Brigitte. Für alles – und für das, was in den vergangenen beiden Jahren noch hinzugekommen ist. Mir fehlen die Worte, deshalb leih ich mir welche:

I don't know how much of myself I can give
How good or how long we will live
But one thing I'm sure that I'll do
I'm sticking with you. - Jason & The Scorchers

Fritz-Peter Linden, Oktober 2013

Achtung, ein Gedicht

Das Heimatgedicht. Ein verschattetes Nebengenre in der Literatur, das in der Wissenschaft meist unbeachtet bleibt. Zu recht, wie ich finde. Ja doch. Ich weiß, so manch einer, der daheim leidenschaftlich Heimatreime drechselt und häkelt, wird mir jetzt bestimmt zürnen. Und natürlich gibt es dabei ein paar richtig schöne Gedichte, ich kenne ungefähr ... hm ... eins oder so. Aber meistens, jetzt mal ehrlich, suppt da doch der Kitsch aus allen Zeilen.

Und wenn ich dann tatsächlich selber mal versuche, mein Land lyrisch zu besingen, kommt mir immer was dazwischen. Wollen Sie mal gucken? Hier:

Oh Eifelland, mein Eifelland
Bös dou bekloppt? Haal bloß der Rand!
Ihr Eifel-Auen, wunderschön...
Jetz hüer alt opp möt dem Jedön!
Oh Eifelheimat, Freudenpfuhl
Dou kriss elo jät op die Moul!
Wo ich verliebt ans Herz mir packe
Ech jenn dir eene längs die Backe!
Ach ferne Eifel, Auge, träne
Dir werden ech der Kaases sääne!
Oh Eifel, die ich nie vergesse
Majuhsebetter! Drop jedresse!
Oh Dörflein, drunt' im stillen Tal!
Henn hüert net op. Jetz langt et baal!
Dies Verslein, Eifel, schrieb ich dir
Aha! Un kresste jetz de Kiehr?

Denn dich vergess ich, Eifel, nie!
Wo steet der Schnaps? Ech kaan nimieh.

Sehen Sie? Es klappt einfach nicht. Sobald ich versuche, diesen salbungsvollen Ton zu treffen, steht mein innerer Eifeler auf und opponiert. Man kann einfach nicht gegen seine Natur!

So geh ich nun. Wir sind am End'.
Un dat von öch mir keener rennt!

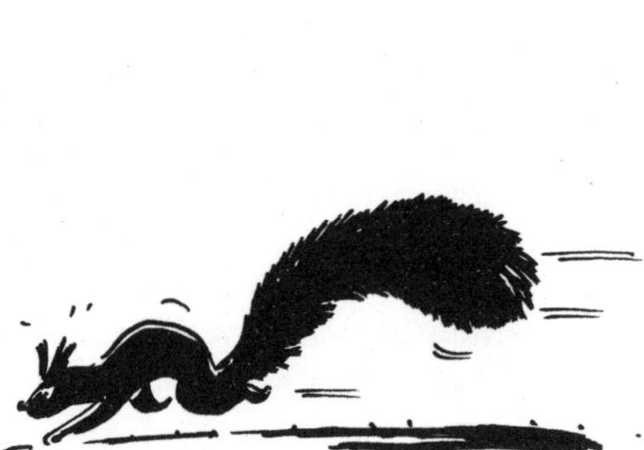

Immer nur das Beste

Heute stöbern wir mal wieder im Posteingang und ziehen eine wunderbare Geschichte aus dem Kasten, die den Eifeler Pragmatismus in beispielhafter Weise beschreibt. Ich darf nur nicht sagen, von wem ich sie habe (bedanke mich aber trotzdem dafür!). Was man nach dem Lesen auch verstehen wird. Deshalb sage ich auch nicht, wann und in welchem Dorf sie spielt.

Also: Dieses Dörflein hatte früher keinen Friedhof. Es gehörte mit drei weiteren zu einer *»Poar«*, also Pfarre, und der Ort der letzten Ruhe für die braven Eifelschäflein aus allen Gemeinden befand sich dort, wo auch die Pfarrkirche stand. »Eine leidige Angelegenheit«, lässt die liebe Leserin uns wissen, denn die lieben Verstorbenen wurden fern des heimatlichen *»Paischs«* beerdigt - bis zu jenem Tag, an dem eine alte Juffer der Gemeinde ein Stück Land vermachte. Bedingung: dort endlich einen eigenen Friedhof anzulegen.

Brav hielten sich die Gemeindeväter daran und richteten das Grundstück her. Jetzt aber mussten natürlich die Toten umgebettet werden. Ein schwieriger Auftrag, zu dem nicht jeder imstande war. Allerdings gab es in jenen – und ziemlich fernen – Zeiten in fast jedem Dorf einen Mann, gern ein Knecht, der für ein paar zusätzliche Mark auch solche Dienste übernahm.

Wie an diesem speziellen Tag auch. Man stattete den Mann also aus mit den Utensilien, die er für seinen Job brauchte: einem Sack, einem Spaten, einer Flasche Obstbrand – und der Anweisung, den *»Ihm«* des Auftraggebers (Oheim – Onkel, ursprünglich Bruder der Mutter, später auch des Vaters und irgendwann auch der angeheiratete Onkel) auszugraben und heimzuholen.

Kurz nach Einbruch der Dunkelheit kam der Mann zurück, stellte das Handwerkszeug, den Sack und die leere Flasche ab - mit folgenden Worten: »*Hei hoat Ihr Eiern Ihm, eich hoan 3 Kepp fund, eich hoan de besten mattbroacht!*«

Knallhart, oder? Et jit net jerannt.

Ihr Kinderlein, kennet!

So, kurz vor Christtag muss ich doch noch einmal heimelig werden, Weihnachten ist ja vor allem Familiensache. Ich kam da drauf, weil vor ein paar Tagen die beste Ski- und Schießsportlerin aller Zeiten und Welten, Magdalena Neuner, ihren Rücktritt angekündigt hat. Sie ist auch bereits schlimme 24 Jahre alt, da kann man das gut verstehen. Und Sie kennen das ja auch: Immer weltklasse sein ist anstrengend.

Frau Neuner hat gesagt, irgendwann spiele auch »das Thema Familienplanung eine Rolle«. Find ich gut, denn das bringt mich direkt zur besten Magdalena überhaupt, nämlich meiner kleinen Nichte, die vorne auch so heißt. Maggie hat auch schon früh gewusst, wer zu ihrer – allerdings ganz ohne Planung zusammengewachsenen – Familie gehört. Nämlich »Onkel Witz«, beziehungsweise (ein Buchstabe gespart): Onkewitz. Also ich. Und sie hat das gewusst, weil ihre Eltern ihr das immer schön beigebracht haben. Bei meinen drei Kölner Nichten war ich auch schon ganz früh der »Witz« (die wissen gar nicht, wie recht sie damit haben, aber bloß nicht verraten, Leute!).

Apropos: Eine von ihnen hat mal einen schönen Neuner-Witz gemacht: Als eine Freundin ihr erzählte, sie sei auf der Achterbahn gewesen, sagte unsere Lilly: Pöh, ich war aber schon mal auf 'ner *Neuner*bahn!

Und dann kam vor einigen Wochen die schöne Mail von unserer, hurra, künftigen Schwiegertochter, die den kleinen, soeben lauffähigen Paulo bemuttert. Der wiederum, hochbegabt wie alle unsere und natürlich auch eure, Leser, Kinderlein, schrie plötzlich begeistert durch die Bude: »Ditz! Ditz!

Ditz! Ditz!!!« Und zeigte dabei auf ein Foto, auf dem ich drauf war. »In meiner Eifel«, schrieb die Mutter, die aus dem Süden stammt, »sagt man dazu: *He kännt sän Lagt.*« Guter Junge. Gute Eltern. Sorgen wir also alle immer schön dafür, dass unsere Kinder ihre Leute kennen. Und, wie schon mal gesagt, *die Häuser wissen*.

Advent, Advent,
dat keiner mir rennt!

Das Wunder der Integration

Schon wieder Heiligabend, Leute. Weihnachten. Liebe und alles. Ich denk da immer: Joh, majuh, man liebt natürlich den Nächsten oder wenigstens den Übernächsten irgendwie doch, im Prinzip jedenfalls, und will ihm auch nix Böses. Meistens. Solange mich keiner dazu zwingt, die alle auch noch gut leiden zu können.

Ach so. Weihnachtskolumne, ich muss versöhnlich werden. Nehmen wir einfach das bereits einmal angesprochene Thema Integration. Die Eifeler, finde ich, sind in dieser Beziehung weltweit vorbildlich, ohne sich dessen bewusst zu sein. Was haben wir hier schon für Gestalten integriert! Und wo die alle herkamen!

Zum Beispiel die ganzen uniformierten Herrschaften, die hier marodierend durchgezogen sind in früheren Zeiten. Da sind wir heute ja schon froh, wenn sich einer halbwegs manierlich beträgt. Und zack, darf er bleiben.

So sind wir auch eifel-intern, wo wir uns ja permanent untereinander integrieren müssen. Weil kaum eine Kleinprovinz über so viele Unterprovinzen und Sprachbarrieren verfügt wie wir: Nordeifel, Südeifel, Westeifel, Osteifel, Vulkaneifel, Vordereifel, Schneifel, Hocheifel, Kyllburger Waldeifel, Südeifeler Felsenland, Bitburger Gutland, Bekov, Islek, Rureifel, Kalkeifel, Hannerbesch, Struth, Ländchen und wie sie alle heißen.

Und dann noch die Ecken, die ich jetzt bestimmt vergessen habe: Es gibt wahrscheinlich mehr Eifeln als Leute, die da wohnen. Die Leute aber (*Löck, Legg, Leggt, Leit* usw.), so unterschiedlich sie von Gemüt und Zungenschlag her auch sein mögen – die kommen am Ende dann doch miteinander parat.

Wie gesagt: Man muss es ja nicht gleich übertreiben. Oder, wie ein Eifeler Landwirt mal zu mir sagte, als ich ihn auf ein ganz besonders putziges Kälbchen ansprach, und ob man da nicht doch auch eine von der zu erwartenden Milchleistung unabhängige Sympathie zur Kreatur entwickle. »*Mer kaan se jo net all mot onn't Bett holle.*«

Frohe Weihnachten.

Et jit net jerannt.

Möbel mit Charakter

Zack, schon wieder ein Jährchen vorbei. Weshalb man das feiern muss, ist mir ja nie klar geworden. Morgen dann alles wieder von vorn. Mit dem einzigen Unterschied, dass man wieder ein bisschen älter und ranziger geworden ist. Da soll man nicht mal kurz ermatten (nein, kein »Burn Out«! Nur normal im Eimer!).

Zum Glück aber gibt es ja die Leser, die einem Geschichten schicken. Deshalb, als Rausschmeißer aus dem alten Jährchen, drei schöne Sachen von Bernd Rehles aus Üxheim, mit Dank an ihn und alle anderen, die hier so fleißig mithelfen und von denen ich schamlos profitiere (ohne deshalb gleich mit Rücktrittsforderungen konfrontiert zu werden).

Er berichtet nämlich live aus dem Wartezimmer beim Doktor: Ein älterer Herr kommt rein, mit verbundener Hand. Ein Bekannter fragt besorgt, was ihm denn da widerfahren sei. Die Antwort: Er sei am Sonntag vom Frühschoppen heimgekehrt (abends natürlich, wie es sich gehört), habe sich ins Bett legen wollen, aber *»do kom dat Nächskommödsche su schalkig up mich zoh«*, dass er sich gegenüber dem aggressiven Möbel habe verteidigen müssen. Und: *»Dat Looder hät doch zurückjeschloohn!«*

Man beachte das wunderbare Wort »schalkig«. Für einen Nachttisch.

Oder der hier: Er müsse, sagt einer der Patienten zu seinem Nachbarn, beim Essen immer aufpassen *»möt däm Cholesterin«*, das habe ihm der Arzt empfohlen. Worauf der andere erwidert: Cholesterin? Er habe damit kein Problem, denn: *»Ming Frau schnickt dat immer aaf!«*

Und schließlich der Opa von Bernd Rehles, der uns den Spruch zum Jahresende hinterlassen hat. Weil: Jetzt glauben ja viele, sich unbedingt etwas vornehmen zu müssen. Ich würd's lassen. Denn: *Nix jeht besser kapott wie jut Plän'!*

Bis zum nächsten Jahr! Da wird bestimmt alles anders! Obwohl: Was unsere Leser betrifft, kann ruhig alles so bleiben, wenn Sie mich fragen. Und das hier bleibt sowieso: Et jit net jerannt.

In Winfrieds Botzenladen

Der hochgradig humorverdächtige (und hier bereits einmal erwähnte) Winfried Bauschen aus Jünkerath hat sein ganzes Berufsleben lang die Herren der Schöpfung angezogen, pardon: ausgestattet. Ich selber hab bei ihm meinen Hochzeitsjacken erstanden und kann nur sagen: perfekte Wahl.

Vom Jacken zu den Jecken: Tausende von denen hat »Winnes« weit über die Eifel hinaus in stets *staatse* und selbstverständlich immer passende Uniförmchen gesteckt. Wie sagt die perfekt gewählte Gemahlin: »Hat der Winnes dich vermessen, hat der Jacken stets gesessen.« Diesen Monat aber, nach 43 Jahren hinter der Ladentheke, hängt Winnes (Leitspruch: »Mann met Hoot – Jeschäfte joot. Mann met Kapp – Jeschäfte schlapp«) seine Herren-Ausstatterei an den Kleiderhaken. Schade! Denn dadurch geht uns auch mancher feine – im Doppelsinn – Stoff verloren. In diesen mehr als vier Jahrzehnten habe sich schließlich, berichtet er, so manches Episödchen bei ihm abgespielt. Deshalb muss ich jetzt auch noch flott eine Geschichte weitergeben, die er mir letztens zugespielt hat.

Die geht so: Rabimmel – ein Ehepaar kommt durch die Tür, bei dem offenbar die Frau das Kommando hat. Begrüßung: »*Bousche! Mir zwei hann Goldene!*« Befehl der Hochzeitsjubilarin an den Ausstatter: Er solle ihrem »*Üem*« einen neuen Zwirn verpassen, damit er am Altar auch gut aussehe. Ein Sakko war schnell aufgetrieben, der Herr wurde als nächstes mit Hosen »*in die Kabien*« geschickt.

Die Umtreckerei hinterm Vorhang aber habe dann ziemlich gedauert, immer wieder vom Ächzen, Stöhnen und Jappen des Goldbräutigams begleitet. Die Gemahlin machte Druck. Antwort aus der Umkleide: »*Dat jeht nimmi su schnell!*« Worauf die Dame dann laut hörbar maulte: »*Füer 50 Johren hattste de Botz flotter üss!*«

Danke, Winfried. Ich zieh vor dir den Hu…, nä: dat Käppche!

Et jit net jerannt.

English lesson, continued

Wenn dich ein Mann namens Pecht anruft, kann das großes Glück bedeuten. Bei mir war das so: Herr Pecht, Vorname Hermann, ist einer von den Eifelern, die ganz woanders herkommen – in seinem Fall: Heidelberg – und dann hier heimisch geworden sind.

Er lebt schon länger hier, als ich auf der Welt bin, und zwar in Gerolstein - kam wegen der Arbeit, blieb wegen einer Eifelerin. Ist das nicht schön? Schön auch, was er mir erzählt hat: Dass seine Schwiegereltern aus Roth und Berndorf stammten.

Und was die Sprache betrifft, die ihm da um die Ohren flog, »können Sie sich ja denken, was da für ein Gemisch zusammenkam«. Eine von ihm überlieferte Wendung sticht besonders heraus, weil sie meine Theorie von der Internationalität des Eiflerischen unterstreicht: Wenn jemand nämlich ein bisschen spack möbliert sei im Obergeschoss, im Köpfchen also, dann sei er *»e Kejtche less jesalz«*, ein bisschen weniger gesalzen.

Prima. Ich verweise vor allem auf das »less« – das gleiche englische Wort heißt, genau: weniger.

Noch mehr Eifel-speak im Englischen liefert uns Wilma Herzog, ebenfalls aus Gerolstein, die sich verdienterweise um den Dialektwettbewerb an den Schulen im Vulkaneifelkreis kümmert. Sie hat zwölf Jahre in New York gelebt und da ganz genau aufgepasst. Am Ende stand eine feine Liste englischer Eifelwörter.

Ein Beispiel? Brombeeren. In der Eifel: *Bräämele*. Was sagen Brite, Ire, Schotte, Ami und Kanadier? Bramble. Oder die Pfützen: *Puddele*. Englisch: Puddle. Sie hat noch mehr gesammelt, da muss ich mich nochmal mit beschäftigen.

Jetzt aber gilt es, die *Furrelängt* (furlong: Furchenlänge bzw. Achtelmeile) einzuhalten. Man beachte die »Längt« – im Englischen: length.

So, Schicht für heut, ihr *Labbesse* (lateinisch: Lapsus – Fehltritt. Englisch? Lapse. Dä!)!

Und zur Vermeidung von Fehltritten jit natürlich net jerannt.

Auch die Amis rennen nicht: Schild in Goodyear, Arizona

All Nas lang

Ich ergehe mich ausnahmsweise einmal in Kindheitserinnerungen. Stopp. Nicht weil ich gerne *Panz* gewesen wäre. Ich weiß noch, wie mir einer mal sagte: Ich wünschte, ich wär nochmal so klein wie du. Und ich nur dachte: Ich wünschte, ich wär schon so groß wie du ... nur in schlau.

Jetzt aber doch: die Kindheit – und die Gerüche, die in uns Erinnerungen aufsteigen lassen, als seien wir nie älter geworden. Mein allerliebster von allen war, voll ungesund natürlich, der Duft des Leims, den mein Opa Josef, Schustermeister von Beruf und ein Mann von lederner Gelassenheit, immer benutzte. Den hätt ich fressen können, so lecker roch der. Das Ganze dann vermischt mit ordentlich Zigarettenqualm (»Eckstein *Fünnef*«), herrlich.

Und dann dieser allererste Augenblick, wenn er sich mit einem Streichholz eine anzündete ... weiß ich noch wie heute.

Oder, genau, jetzt fällt's mir wieder ein: Benzin. Ja, Spritgeruch! Aaah! Wenn ich in eine Werkstatt oder an eine Tankstelle kam, dann faszinierten mich nicht, wie vermutlich 99 Prozent aller (und technisch sowieso talentierteren) Jungs, die Schraubereien, die ölverschmierten Overalls und die darin steckenden Mechaniker, sondern der belämmernde Geruch, der den Karren und den Zapfsäulen entfleuchte. Ungesund, aber klasse.

Ich könnte noch mehr ... aber das olfaktorische Schlusswort soll der freundliche Walter Klaeren aus Gerolstein erhalten, der mir kürzlich ein paar schöne Begebenheiten rüberschickte. So erzählt er von einer Eiflerin, die brav und fromm beim Pastor ihre vermutlich extrem wenigen Sünden bekannt hatte. Der *»Häär«* erteilte ihr flott Entlastung, die Frau aber blieb im Beichtstuhl hocken. Also sprach der Pastor: »Die Absolution ist erteilt, Sie können gehen!«

Antwort: *»Losst mich noch en bissje knie ... dir rucht esu jot no Kaffee!«*

Zum Niederknien.

Et jit net jerannt.

Ananana, Hananana

Schreibt weiter, Leser, das ist einfach zu schön! Letztens erhielt, beziehungsweise *kraasch* ich wieder einmal was aus dem Süden geschickt, genauer gesagt aus Niederöfflingen in der Verbandsgemeinde Manderscheid, von der lieben Christel Waldorf (schöne Grüße zurück! Danke!). »Das schreit nach einer Kolumne«, flüsterte mir die Gattin ein, nachdem ich es ihr gezeigt hatte. Und recht hatte sie. Wie ja sowieso immer.

Weil die Post von Frau Waldorf so schlagend beweist, dass die bezaubernde lautmalerische Anpassung, die manch eine Bezeichnung (Signifikant, sagt der Linguist) gelegentlich in der Eifel erfährt, das Bezeichnete (genau: das Signifikat) viel besser beschreibt als der offizielle Begriff.

Ihr sei, schreibt Christel Waldorf, nämlich beim Kolumnenlesen eingefallen, was man im benachbarten Laufeld für ein herrlich signifikantes Wort benutzt: Hananana. Vier »a« hintereinander, toll, und es bedeutet natürlich genau das: hintereinander. Viel besser als das, was im Lexikon steht!

Und als ich die vielen »a«s gerade so *hananana ananana* hackte, fielen mir sofort die belgischen Zigaretten ein. Kennen Sie die? Das sind Kippen, die man sich bei anderen schnorren geht. Daher der Name, den mir mal einer verriet, als ich ihn um eine angepumpt hatte: »*Van Aaneren.*«

Belgien, ein Lieblingsland. Und mitten bzw. *mitzen* in Europa – womit ich fein die Kehre kriege, denn dazu hat mir Frau Waldorf auch was geschickt. Und das zeigt, wie sehr der Eifeler immer knallhart an der Realität operiert.

Die Geschichte hat ihr verstorbener Vater ihr überliefert, zugetragen habe sie sich im Gemeinderat von Wallscheid:

Die Dorfoberen hatten darüber zu entscheiden, ob für die Volksschule eine Europakarte angeschafft würde. Also blaffte einer den Lehrer an: »*Herr Schullerer, wat brauche mia en Koat von Europa, wä wes, op mia iwwerhaupt emol do hien kunn!*«

Falls es Sie aber doch mal »nach Europa« verschlagen sollte: Et jit net jerannt.

Noch mehr Schalkichkeit

Mürlenbach. Traumschöne Talgemeinde am Saum der selig strömenden Kyll. Burgbewachter Schoß, aus dem einst jener diese Welt mutig betrat, den bald »den Großen« alle riefen. Der sich entschloss, den Kontinent zu einen, zu gründen ein gewalt'ges Reich, das heute wir Europa nennen: Kaiser Karl (aber ja. Wo soll der denn sonst geboren sein? Hören Sie mir doch auf!).

Mürlenbach: Der Ort, an dem auf lieblichen Ländereien Müllerheinz, langjähriger Kollege und stets wohlmeinender Berater aller TV-Anzeigenkunden (seine Durchwahl ist 06551/959515, für alle Fälle, aber nur montags und dienstags) in seiner nun allmählich sich vergrößernden Freizeit aus fruchtbarer Furche die gewaltigsten Kürbisse zieht, die je ein Mensch zu sehen sich freute.

Mürlenbach: Heimat aber auch jenes großen Mannes, den Molitor sie nennen, Franz-Rudolf, und der mir jüngst den zarten Hinweis sandte, dass ich doch bisher nie dies zauberhafte Dorf erwähnte. Welch Lapsus, welche Schuld ... verzeiht und seid mir wieder gut, oh Mürlenbacher!

Mürlenbach! Hier, so schreibt er zu Recht heimatselig, sei man im »eigentlichen Kernbereich aller Eifel«, wo es die Kyll glucksend genieße, hindurchfließen zu dürfen. »Auch hier«, so sagt er mir, werde ein sehr fein akzentuierter Dialekt verwendet. »Der zurückhaltende Mürlenbacher erwähnt es lediglich nicht an jeder Ecke.«

Hier aber, Leser, ist die Ecke, es dennoch zu erwähnen! Denn Franz-Rudolf Molitor hat sich letztens, als ich das Wort »schalkig« ins Spiel brachte, an eine Geschichte erinnert, die sich vor zirka 80 Jahren in M ereignete, als sein Onkel eine alte Flobert-Büchse bei »*Hoardter Kloass*« billig erstehen wollte: »Während man das Geschäft abwickelte, fragte mein Onkel, wieso dieser denn den Flobert überhaupt verkaufe.« Antwort: »*Ön ass moa zo schaalöksösch; ö schösst moa zo jenau.*«

Treffer. Und wieder ein Beispiel dafür, wie Herr Molitor so schön schreibt, was die Eifeler für einen Schatz auf ihrer Zunge tragen.

Et jit net jerannt.

Rabaijschi, Rabumm

Heute im Angebot: lecker Eifeler Wörtersalat: *Kippcher* zum Beispiel. Das ist nichts zum Rauchen. Obwohl man es anzünden kann. Im Süden ein Häuflein, bei mir im Dorf steht es für ein an heimischen Koniferen hängendes, längliches Objekt.

Anlass für diese Kolumne ist ein tolles Ereignis: Ich erhielt nämlich eine Leserzuschrift aus, *täremtemmtemm*: Nordrhein-Westfalen! Genauer: aus Udenbreth, von Hubertus Huppertz. Heißa!

Denn er »kraasch«, wie er schreibt, unsere kleine Kolumnensammlung von seiner Frau zu Weihnachten geschenkt. Die goldwerte Gattin stammt aus Brandscheid (welch wunderbare Zusammenführung von Nord und Süd!), der Schwiegervater aus Neidenbach, ergo wuchsen die beiden Huppertz-Sprösslinge mit einem wundervoll wüsten Dialekt-*Durchenei* auf. Einer der Jungs habe davon auch als Pänzlein tüchtig Gebrauch gemacht. Kommentar seiner Kindergartenkumpels: »Wir haben einen Neuen, aber der spricht nur englisch!«

Sein Vater, berichtet Hubertus Huppertz, habe damals auch immer Wert auf »das richtige Platt« gelegt – »wobei ich heute denke, dass es ›datt richtije Platt‹ nicht gibt«, schreibt er korrekterweise. Es gibt höchstens falsches Hochdeutsch. In »Ogdebrett« jedenfalls sage einer, er habe seinen Zaun (»Zong«) »jestreche«, der Nachbar aber habe ihn »jechtrrache«. Was man, wie er bemerkt, kaum aussprechen kann. Und die Frage, wie es denn nun »richtig« heiße, auch nicht beantwortet. Ich bin ja der Meinung, einen Zaun *lässt* man streichen, so wie es uns der ewig verehrte Mark Twain mit Tom Sawyer gezeigt hat.

Herr Huppertz verweist auch auf das, siehe oben, Kippchen - den Tannenzapfen: »Bei uns heißen die Dinger *Muchele*, in Brandscheid *Kippheencher*, in Neidenbach *Jippdickelcher*, in Schnorrenberg *Bautzen*.« Und in Meckel, liefert *Oma Käddi* Junk (dankeschön!) hinterher, heißen sie in der Einzahl *daat Rabaijschi* und in der Mehrzahl: *die Rabaijschia*.

Krass. Sage einer noch mal, wir wären nicht kreativ.

Et jit net jerannt.

Der Eifeler erfährt sich

Das Ich,. Leser! Rätselhaftes Hirngeschnörkel! Bewusstseinsdingens!

Reden wir deshalb kurz über die Subjekt-Objekt-Spaltung. Die ergibt sich, wenn wir über uns selbst beziehungsweise unser Selbst nachdenken. Ausgedacht hat sich den Begriff *Jaspisch Karl*, wie wir den Philosophen und Psychiater nennen würden, wenn er einer von uns gewesen wäre – und den wir deshalb heute als Stargast unserer Dorfkolumne begrüßen wollen: »Wenn wir uns selbst zum Gegenstand unseres Denkens machen«, schreibt Jaspers, »werden wir selbst gleichsam zum anderen und sind immer zugleich als ein denkendes Ich wieder da, das dieses Denken seiner selbst vollzieht, aber doch selbst nicht angemessen als Objekt gedacht werden kann, weil es immer wieder die Voraussetzung jedes Objektgewordenseins ist. Wir nennen diesen Grundbefund unseres denkenden Daseins die Subjekt-Objekt-Spaltung. Ständig sind wir in ihr, wenn wir wachen und bewusst sind.«

Genau, äh. Obwohl der Eifeler selten auf sich selber guckt (höchstens mal an sich runter, ob er sich *beknuselt* hat) und deshalb auch selten diese Spaltung erlebt, weil er mit wichtigeren Dingen befasst ist als mit sich selbst. Zum Beispiel damit, dicke Holzstämme zu spalten, weshalb (Dank an Gerd Ostermann) mancher sture Bock auch als »*Knuppespaaler*« bezeichnet wird.

Das hat aber auch damit zu tun, dass er zwar ein »Ich« hat, der Eifeler, aber in nur extrem wenigen Ausnahmen ein »Ego« mit sich rumträgt. Das hat bei manchen solch gewaltige Dimensionen angenommen, dass sie vor lauter selbsttrunkener Eigenbedeutungsempfindung kaum durch eine Flügeltür passen. Oder en *Schüerepootz* bzw. *Scheierpoot*.

So, das war die Einleitung. Ich wollte auf was ganz anderes hinaus: Der Eifeler ist zwar selten auf dem Selbsterfahrungstrip, und dennoch *erfährt er sich* gelegentlich. Das ist aber was ganz anderes: »*Do hann mich richtich erfährt*« (süd: *erfoart*) – das sagt er immer dann, wenn er sich erschreckt hat.

Oh Schreck, schon zu Ende! Da hab ich mich jetzt aber erfährt!

Et jit net jerannt.

Meine Verehrung

Wollen Sie von mir noch was zu Wulff lesen? Ich auch nicht (»*Wuleff?*«, höre ich einige schon fragen, »*Wullef? Wen woar dat dann noch ees?*«). Überlassen wir ihn seinem Großburgwedelschen Kleinbürgerkrüppelwalm-Idyll, sorgen wir uns nicht um sein Auskommen, es wird ihm an nichts fehlen (außer an einem vernünftigen Dialekt).

Reden wir von Würdigerem und Würdigeren. Und vom Verehren: Ich bin nämlich ein großer Verehrer. Von wem? Von was? Auf jeden Fall von Fragezeichen, wenn ich mir diese Einleitung anschaue.

Im Ernst, Leute. Ich glaube nämlich, dass wir das brauchen. Verachten, da sind wir ohnehin Meister drin. Runterputzen, hämisch bemaulen (nein, nicht nur Wulff), das ist die einfachere Übung, zumal zu einem niederen Zweck: Soll sie doch vor allem dem Gegenüber zeigen, was für eine coole Sau man ist.

Aber verehren! Ich zum Beispiel wäre völlig aufgeschmissen ohne die Leserschaft, die abnutzungsfrei weiterhin Ideen rüberschickt, damit der Kolumnist über die Runden kommt (*tschöllicht*, wenn nicht alle kurzfristig berücksichtigt werden. Ich brauche immer ein bisschen Zeit, weil ich ja net rennen will). Jedenfalls: meine Verehrung! Gibt's das Wort auch auf Platt? Hat jemand ne Ahnung?

Oder all jene nie besungenen Heldinnen und Helden, die sich jeden Morgen aufraffen, irgendwie motivieren und dann so tapfer wie sorgenvoll zur Arbeit fahren müssen, weil sie erstens zuwenig dabei verdienen und zweitens ahnen, dass sie garantiert wieder von irgendeinem selbstherrlichen *Stönkböggel* oder *-saack* gemaßregelt, kritisiert und zur Sau gemacht werden, warum auch immer. Weil es immer einen gibt, der gerne jemanden zur Sau macht. Und wehren kann man sich gegen den meistens nicht.

Deshalb: Respekt, Leute. Und wenigstens einmal soll hier zurückgeranzt werden:

Haal. Deng. Moul.

Ich auch. Et jit net jerannt.

Vom Speicher geräumt

Speicher, Spicher, Spejcher: Dachboden, Vorratsraum, verstaubte Fundgrube vergessener Preziosen – und Sitz einer Eifeler Verbandsgemeinde (jedenfalls noch). Aus Speicher hat uns Meta Endres angefunkt und auf die Sprachschätze in ihrem Sprengel hingewiesen. Danke!

Zuerst klären wir den Namen: Speicher stammt vom lateinischen »spicarium«, einem Gebäude, in dem man Getreide lagerte (zweite Möglichkeit: »spica«, Ähre. Spicarium find ich besser).

Woher ich das weiß? Das ist der zweite Grund, weshalb das hier eine Speicher-Sonderkolumne ist: Frau Endres ließ mir nämlich das Buch ihres verstorbenen Mannes Norbert zukommen: »*Zwing, zwu, zwai*«. Für Nicht-Dialektisten: Zwei, zwei, zwei. Da sieht man mal, wie differenziert der Eifeler sprachlich operieren kann. Wenn er will. Die Z-Z-Z-Trias, die wir hier schon einmal aufführten, steht für die Zahl zwei in den drei grammatischen Geschlechtern: zwei Männer, zwei Frauen, zwei Kinder. Gibt's nur in der Eifel!

Zum Buch: Es ist ein umfassendes Kompendium, ach was, ein spicarium Speicherer Wörter und Wendungen. Und da ist auch der Ortsname erklärt, wie ich oben so scheinschlau darlegte (man muss eben wissen, wo man nachgucken kann). Das Buch zeigte mir übrigens auch, wie gut es ist, sich in anderen Dialektgegenden umzuhören – ich habe darin nämlich außerdem etwas gefunden, was mir einen hier ebenfalls bereits benutzten Begriff aus meiner Heimatkante endlich erklärt: den *Knüüles*, den (Stur-) Kopf. In Speicher wird aus dem »ü« ein »ä«: *Knääles*. Endres schreibt, dass das vom (Garn-) Knäuel kommt.

Toll, toll, toll. Ich werde das Buch immer *estermieren*. Was, wie Freundin Margit schrieb, wahrscheinlich der Eifeler Begriff fürs Verehren ist (wollte ich ja vorige Woche wissen. Ist auch Latein: aestimare - schätzen, wertschätzen). Schließen wir mit den diese Woche passenden Worten der *estermierten* Meta Endres:

Et as schudderisch Weeder.

Wat Warmes *antrecken*. Un net rennen, sowieso.

Will ich auch haben!

Reich und erfolgsverwöhnt, schlank, schön und jugendlich, mit ewig vollem Haar und auch im Alter fett- und faltenfrei – es gibt diese Leute ja wirklich. Ich weiß, was viele jetzt sagen: Aber man ist doch schon reich, wenn man liebgehabt wird und eine Familie hat. Gut, vielleicht noch einen erfüllenden Beruf, auch wenn der kein Geld bringt. Und gesund ist. Noch alle Zähne im Maul und alle Tassen im *Schaaf* hat ... Und ein eigenes Dach überm Kopf. Und ... (haben Sie's gemerkt? Das sind auch ziemlich viele Bedingungen, oder? Wer erfüllt die denn schon? Ich hör hier lieber auf, sonst krieg ich noch *et ärme Deer* ... für standarddeutsche Mitleser: Weltschmerz)

Zurück zu den amtlich Reichen und Schönen: Was mich ja immer so fertig macht, ist noch was anderes. Es gibt darunter nämlich welche, die zu allem Übel auch noch echt sympathisch sind. Weil von edlem Charakter und mitmenschlicher Wärme.

Ich gebe zu: Ich will das auch!

Und dann kriegt man's ja vielleicht. Einen kleinen Erfolg, einen Sieg, der unerwartet kommt ... und dann muss man aufpassen. Geht nämlich schnell vorbei und man knallt voll gegen den Laternenmast der gemeinen Wirklichkeit. Mit fiesem *Knätsch*geräusch.

Früh und brutal lehrte mich das Engels Heinz. Und zwar beim Schach – eigentlich nicht mein Spiel, weil man dabei ja vor- und zurück, also *zrückküh*denken und vor allem strategisch vorgehen und sich ganzganz viel merken muss. Egal: Als Jugendlicher habe ich ein paar Mal gegen ihn, den wesentlich Älteren, gespielt. Und einmal habe ich ihn gehabt, immer weiter in die Ecke getrieben, schon wankte sein König ... ich war auf dem Weg zum Triumph, blieb aber cool, während Heinz immer stiller wurde.

Dann schaute er auf. Grinste.

Griff zu einer Figur. Schob sie übers Brett und sagte: »*Un ... matt!!! Hä-hä-hä!*«

Knätsch!!!

Et jit net jerannt.

Jerubim und Seraphim

Sensationell auch die Post von Eva Igelmund aus Auel: ein wunderfeines Mehrseitenbrieflein, in dem die linguistisch firme Verfasserin schönstmögliche Eifelismen aufführt, das alles mit großem Sachverstand und noch größerem Spaß an der ausführlichen Anmerkung.

So wünscht man sich doch den Endverbraucher. Zumal sie uns auch etwas zum *Kippchen* schickte, dem Tannenzapfen, den wir ja letztens schon zwischenhatten.

Was für eine Vielfalt tut sich da auf! Welch ein Schatz lokaler Eigenheiten! In ihrer Familie nämlich hießen die Dinger, gern zum Herdanzünden verwendet, *»Jipphühncher«* (ob die »Kippcher« eine Kontraktion, also eine verkürzende Zusammenziehung, des schönen Begriffs sind? Sparsamer Eifeler? Hm).

Jedenfalls schreibt sie, die Wahrheit schon ahnend, das sei bestimmt ein Wort mit dem »Potenzial einer ungeheuren Vielfalt örtlicher Varianten«. Aber ja: So auch in der Fassung ihrer Steffeler Schwiegermutter: *Schippshähncher* - nur ein Dorf weiter, und schon hat das Kippchen das Geschlecht gewechselt, vom Huhn zum Hahn. Das sollten sich die Gender-Forscher mal anschauen!

Das ist aber noch nicht alles: Denn ein weiterer, ebenfalls aus Steffeln überlieferter Ausdruck lautet: *Cherubiemcher*, und aus Glaadt kennt sie die Variante *Jerubimcher*.

Vielleicht werden die Zäpfchen irgendwo ja auch Seraphimcher genannt. Ich bin gespannt. Wo wir schon beim Glauben sind: Eva Igelmunds Uropa stammt aus Stadtkyll. Nicht nur deshalb ein Granatentyp: Der Uropa, ein rothaariger *Fuss*, war mit dem *Häär*, dem Pastor, in einen Streit geraten. Worauf dieser meinte: »Rote Haare und Erlenholz wachsen auf keinem guten Grund!« Leider hatte der Pastor eine Pläätе. Und bekam deshalb zu hören: *»Un den Döiwel soll de Schronnt holle, wo jar nöist wääßt!«*

Ein anderes Mal habe der Geistliche ihren Urgroßvater salbungsvoll gefragt, was denn dessen Söhne einmal werden sollten. Antwort: *»Böschkrampe* (Waldarbeiter), *wie esch!«* Und falls sie dafür nicht taugten, *»da könne se Pastuur jinn!«*.

Und Zappenstreich!

Et jit net jerannt.

Frühlings-Dingsen

Glaubt ja wohl keiner, dass wir mit dem Thema »Sex« schon durch wären. Gerade jetzt nicht, wo sich doch wieder alle jahreszeitbedingt erregen: Der Frühling knattert ins Land, alles sprießt und treibt, und die Gartenfreunde - »*die Gardeleckt*«, wie Rosi Moser-Berg aus Olmscheid rübermeldet, werden schon ganz »*bubbelbetzisch*« (Granatenwort, watt heißtet?), dass es »*dobosen*« (*dooußen, dobössen, dobossen* oder auch *lobössen, lobougßen* ... – also draußen) endlich wieder los gehe.

So könne man zum Beispiel am »*Jusepsdaach*« (dem Tag des berühmtesten Stiefvaters aller Zeiten, 19. März), sofern das Wetter hält, auch wieder »die *deck Bungen läen*«.

Mich freut das für alle, die sich darüber freuen. Ich bin ja eher ein Dunkelmensch und schätze das Schattige, zumal es einem manch Schäbiges verschönert, speziell das eigene Spiegelbild.

Ahaaber, der Frühling, das Wiedererwachen, das Treiben, das bunte und wilde, das alles bringt mich noch mal auf, genau, *Önneneröm*, den interpersonellen Bett- oder Sonstwoverkehr, also auf den »Sechs«, wie der Eifeler bekanntlich zur arterhaltenden Horizontalaktivität sagt.

Und auf den weiteren, anständig unanständigen Elektrobrief von Dieter Bernardy aus Hillesheim. Apropos: Jemand, schreibt er, der für gar nichts Anständiges zu gebrauchen sei (und der einem gehörig auf den Zeiger geht, sage ich), den nenne man in der Eifel einen »*Unnüedijen*«. Ein Lieblingswort, schon lange.

Noch besser aber seine Erinnerung an eine Männerrunde aus den auch schon wieder fernen späten Siebzigern: Die

Herrschaften waren beim Kirmes-Abbau und parlierten über das oben erwähnte Untenrum-Thema. So, und von hier an zitiere ich wörtlich: »Da wurde unter anderem folgende Bemerkung zum Besten gegeben: zum Höhepunkt beim ›Dingsen‹ »... *mööt dat Kribbele su lang anhale, wie en Sou an em Ärm voll Heu frisst*«.

Das sei auch deshalb eine wünschenswerte Sache, ergänzt er, weil Schweine »eigentlich kein Heu fressen« und entsprechend lange für so einen »Ärm voll« brauchen würden.

Ab in't Heu!

Et jit net jerannt.

Diagnose: Laberitis

Was«, fragt der Neffe, »ist eigentlich ein Bachelor, Oma?«

Oma weiß Bescheid. »Ein Bachelor«, das sei eine Krankheit (sie sagt natürlich nicht »Bachelor«, sondern *Bätscheler*). Zumindest in der Eifel. Echt, erklär ich gleich.

Wir meinen hier nämlich nicht diese andere, schlimme Krankheit im Fernsehen: Sie wissen ja, »Der Bachelor«, ein unnötiger englischer Begriff für »Junggeselle«, irgendein angeblich wohlhabender Lappen, der sich *beim RTL* von einer in die Würdelosigkeit getriebenen Truppe verirrter Tussis anschmachten lässt und zum bösen Schluss eine davon »erwählt«, um sie dem Altar und seinem Konto zuzuführen.

Wir meinen damit auch nicht die Bezeichnung für einen Universitätsabschluss, den man auch Baccalaureus nennt. Wurde früher auch für einen Ritter niederen Rangs verwendet. Das im Ursprung natürlich lateinische Wort ist in jüngerer Zeit entstanden und zusammengesetzt aus »baca«, Beere, und »laurus«, also Lorbeerbaum. Baccalaureus bedeutet also so viel wie »Lorbeerbeere«, andere übersetzen es mit »Der von vielen Beeren Lorbeerbekränzte« - totaler Kappes, zumal es ja für einen jetzt auch nicht sooo besonderen Uni-Abschluss steht.

Und dann eben: Krankheit, gern auch drogeninduziert, weil gelegentlich vom Alkohol befeuert: Wenn einer nämlich, erklärt Oma, ohne Ende schwätzt und sülzt und quasselt, dann sage man: »*De hät der Bätscheler.*« Wie nennt das der Kiffer? Laberflash. Der Eifeler nennt so jemanden auch gerne einen *Wäffel-* oder *Waafeler*. Für diese Krankheit habe ich mal in einer amerikanischen Zeitschrift eine feine Variante gefunden, die nannten das »male answering syndrome«, männliches Antwortsyndrom. Weil manche imponiersüchtige Typen, sofern Frauleut' dabei sitzen, auf alles meinen eine klugschisserige Antwort geben zu müssen, auch wenn sie nicht die geringste Ahnung haben.

Man sollte wissen, wann man ausgebätschelt und die *Schnüss* bzw. *Schness* zu halten hat. Wie gut, dass hier der Platz zu Ende ist. Et jit net jerannt.

Hernooter, hanocher

Kein schöner Tag, Leser, an dem das hier geschrieben wird. Über uns *Geräppel* im Haus, draußen lärmt der Frühling, der Kurzurlaub ist vorbei, und alle sind so dermaßen gut gelaunt, dass man's kaum aushalten kann. Pardon, das wird hier nicht mehr lustig, Sie können also zu Hägar weiterblättern oder nach komischen Tippfehlern suchen, ich hab da nichts im Angebot heute.

Vielleicht wird's bald wieder besser, später, demnächst, irgendwann - oder hinterher, wenn das Generve vorbei ist, also ... *hernooter*, wie Freund und Nachbar Jüpp immer sagt. Beziehungsweise: sagte. Denn jetzt ist er nicht mehr da. Hat sich viel zu früh auf die Reise gemacht. Ausgerechnet Jüpp, bei dem wir immer gehockt und *geklaavt*, also erzählt haben und wo ich viele der Weisheiten erstmals zu hören bekam, die dann hier in unserer wöchentlichen Weltecke verhandelt wurden. Dass man zum Beispiel auch mal »hinter sein Wort gehen« müsse, wenn man sich zu sehr auf eine Sache versteift hat, mit dieser Haltung aber nicht weiterkommt.

Hernooter (oder, wie in Hermann Palms' Steffelner Buch steht: *hanooter. Süd: hanocher*): Wenn's was zu erledigen gab, auf das man gerade keine Lust hatte, dann sagte er: *Dat maache mer hernooter*. Und jetzt? Ist er ins große *Hernooter* übergewechselt. Muss sich um nichts mehr scheren. Dabei war er so ein beneidenswert glücksbegabter Mensch, die Geselligkeit und gute Laune in Person. Immer liebenswert, stets die Bude offen für jeden, der auf ein Ründchen vorbeikam. Seine Garage, sagten wir immer, habe die beste Akustik im ganzen Ort, weil: Wenn da einer einen Stubbi aufmachte, hörten es alle und standen zwei Minuten später dabei. Deshalb waren wir da so gern. Und wenn er keine Lust mehr hatte, dann sagte er: So, jetz' gehemer wohnen.

Wir hatten noch einiges zu beschwätzen, aber dazu kommen wir nicht mehr. Er ist für immer wohnen gegangen.

Verschieben wir's also. Auf *hanooter*. Machetjut, Josef.

Et jit net jerannt.

Nochmal ins Wirtshaus

Das Projekt »Weltmarktdurchdringung durch Eifelweisheit« schreitet zügig voran. Mittlerweile erstreckt sich die Leserpost nicht nur auf die rheinland-pfälzische und nordrhein-westfälische Eifel sowie angrenzende Regionen rheinischer Zunge. Nöhö! Wir erhalten Zuschrift (und – spruch) unter anderem aus diversen der Vereinigten Staaten und aus mehreren Provinzen Kanadas.

Gut, darunter ist, verschämt eingeräumt, viel Post aus Familien- und Freundeskreis. Aber eben auch von anderen! Zum Beispiel das, was Udo Grady, vor vielen Jahren von Jünkerath nach British Columbia ausgewandert, uns schreibt. Dem hat nämlich Heinz Reifferscheid aus Gönnersdorf unsere bisherigen Geschichten geschickt. Udo – ich darf ihn so nennen, wir sind längst beim »you« – berichtete dieser Tage, und das gab dann dieser Kolumne auch ihre Überschrift, vom Frühling in den Rocky Mountains: »Es schneit wie verrückt heute, und wir sind jeden zweiten Tag auf den Langlaufbrettern.«

Er und seine Frau haben dann auch gleich mal an den kanadischen Meisterschaften im Skilanglauf teilgenommen. Ergebnis: »Meine bessere Hälfte war Zweite in ihrer Altersklasse über zehn Kilometer, und ich gewann ebenfalls eine Silbermedaille über fünf Kilometer in der Altersklasse 70 bis 79.«

Gratulation! Allerdings auch zu diesem Spruch: Als seine Frau über die Ziellinie gerutscht sei, habe er bemerkt, dass ihr was aus der Nase hing. »Also sagte ich zu ihr: *Du häs de Tröppcheswiertschaft op!*«

Wunderschön, oder? Und da uns Udo schon in die *Wiertschaft* mitgenommen hat, will ich hier noch Eddi Meier erwähnen: Berlinger Gewächs, heute in Blankenheim zu Hause und ein hinreißender Fotograf, was ich an anderer Stelle schon einmal erwähnte. Er nämlich liefert uns den Satz, den der nichts verschenkende Eifeler kurz vorm Verlassen des Schankraums sagt, zitiert nach einem Berlinger Original, nämlich Schmitz Jupp: »*Hammer alles jetronk, watt mer bezallt han?*«

Danke, die Herren!

Et jit net jerannt.

Das Eifeler Spaltmaß

Jou, das mit der Subjekt-Objekt-Spaltung von Karl Jaspers vor ein paar Wochen, das war harter Stoff, ich weiß. Zähe Verarbeitungsmasse – *zieh* also (süd) oder *fräääd* (nord).

Aber hin und wieder muss das sein, so ein bisschen lesendes Zirkeltraining. Denn wenn alles so widerstandslos reinflutscht, dann ist das wie beim Essen: Wenn man nix Vernünftiges zu kauen hat, dann werden die Zähne schlecht.

Zumal der schwere Brocken sich dann doch als sehr profitabel erwies, weil er zu einer weiteren Zuschrift aus Kirchweiler führte: Anita Adams steuert nämlich eine entscheidende Wendung zum Guten, also zum Eiflerischen, bei und kriegt damit sehr schön die Bedeutungskurve bzw. *-kiehr*: »Mir drängte sich«, schreibt sie nämlich, »bei dieser ganzen Persönlichkeitsspalterei ein anderer Aspekt auf: wenn da hin und wieder ein alkoholisiertes, meist männliches (*wieso eigentlich nur männlich, Frau A.? Ihr Weiber trinkt doch auch!*) Subjekt vor mir steht.«

Und wenn sie nun dieses Subjekt (oder, höhö, Suffjekt?) »sowohl objektiv als auch nüchtern« betrachte, schreibt sie weiter, dann stehe angesichts des sanft im Wind (oder im strengen Blick der Betrachterin) schwankenden Gegenübers schnell fest, dieser sei »*net mieh alleen* – und trotzdem ist es immer noch nur einer!«.

Sie führt, als regionale Variante der Subjekt-Objekt-Spaltung, deshalb den Begriff der »Eifeler Stubbi-Spaltung« in unsere Heimsprache ein. Bei der allerdings, wie sie ebenfalls sehr schön ergänzt, »das von Jaspers genannte ›denkende Dasein‹ weitgehend flöten geht«!

Das denkende Da-, So- und Hiersein des allerdings unbetrunkenen Eifelers bescherte mir vor einiger Zeit wieder einen dieser Sätze, die die niederschmetternde Ungerechtigkeit des Weltwesens exakt auf den Punkt zu bringen verstehen und uns die ganze Vergeblichkeit unseres Subjektseins auf Erden spüren lassen. Ich zitiere: »*Jetz, wo mer Jeld hann, hammer keenen Duuscht.*«

Schnell was trinken.

Et jit net jerannt.

So ist's richtig: Anita Adams schickt nicht nur Hinweise, sondern auch Fotos mit vorbildlichen Autoaufklebern.

appe Ecken

So nah liegen wieder einmal Grummeln und Glück beieinander: Zwei Brieflein ploppen im Parallelschwung in den Postkasten. Das erste: ein Knöllchen von der niederländischen Polizei. Gegen eine (Achtung, beschämend billiger Hollandkalauer 1:) Tulpenknolle hätte ich ja nix gehabt. Aber das hier ist (beschämend billiger Hollandkalauer 2:) Käse. Jetzt muss ich blechen. 23 Euro. Weil ich genau vier Kilometer zu schnell geran ... äh, gefahren bin. Bedankt!

Aber der zweite Brief! Der ist von Dieter Stollenwerk aus Bonn – Architekt mit, wie er brav dokumentiert, stabilem Eifeler Tauglichkeitsnachweis und daher von baustahlmattenharter Glaubwürdigkeit: »Geboren 1948 in Prüm, aufgewachsen ab 1952 in Arzfeld.« Da fährt er auch öfter noch hin. Und brachte uns von seinem bis dato letzten Besuch folgenden Dialog zwischen seinen Kumpels Norbert Gaspar – pardon: Gaspar Norbert und Thielen Lothar mit, den ich hier mit tief empfundener Begeisterung wiedergebe:

Norbert: *Wie jeeht et?*

Lothar: *Et jeht ... esch hat e klenen Axident ...* (herrlich, oder? Diese eifeler Frankophonie! Weiter:) *Esch wollt jet vam Schaaf holen, ha mir en Stuhl beigezoren, dat Luder as fotgerutscht un esch sen wie en bleijern Ent ob den Arsch gefahl. Beijm enischten Wirbel as en Ääk af.*

Und diesen untersten Wirbel mit der appen Ecke, habe »*den Dokter*« gesagt, werde man »*mat Zement*« wieder »*hannisch*« machen, also in den heilen Zustand zurückversetzen. Tolles Arzfelder Wort für »zurück«: »hannisch«, also vermutlich von »hinterst«. Oder so.

Weiter im Gespräch:

Norbert: *Sakretjift, daat hiert sech net gut an. Esch ha jo well emmer gesoot: An isem Aalter soll mer net hiejer klammen* (klettern) *wie en Boaueremood deck as.*

Gibt's eigentlich noch Bauernmägde in der Eifel?

Egal. Ist das schön! Dank! *Klammen* Sie nicht zu *hie*!

Et jit net jerannt.

Der Wind hat mir ein Lied ...

Schnell noch mal nach Arzfeld, wo sich diese Woche ja *Himmel un Mensche* knubbelten. Kolumnentechnisch ein ergiebiger Besuch, geriet ich doch wieder einmal an Rosi Moser und Helmut Berg aus Olmscheid, die mir zuerst das wohlgeratene Enkelchen André präsentierten und anschließend eine wohlgeratene Eifeler Weisheit.

Weil: Der Höhepunkt der Westeifelschau sind ja nicht die Leistungen der Aussteller, sondern, zumindest für die zur Eröffnung auf dem Gelände wesende, hüstel, Prominenz, der, nochmal hüstel, »Messerundgang«. Die Ehrengäste zeigen sich dabei traditionell zutiefst interessiert an allem, was die Betriebe so im Angebot, zu deutsch: im Ausschank haben. Und so zieht sich der Rundgang wie Rotz am Ärmel.

So geriet ein Grüppchen Unentwegter spät noch an die kleine Theke im Berg-Zelt. Und dann sei es noch so richtig schön geworden, berichtet Rosi Moser. Und spät. Dabei erinnerte sie sich an den klugen Satz, den einmal Clemens Bohlen aus Herforst – 82 Jahre, Erfinder des Liedtexts »Lustig ist das Rentnerleben« – in einem ähnlichen Zusammenhang gesagt hat: Geselligkeit sei eine schöne Sache, die es zu pflegen gelte.

Das war jetzt die druckbare Variante. In Wirklichkeit sagt Clemens Bohlen, ich hab ihn deshalb nämlich noch mal angerufen: »Besser in Jesellschaft jefurzt wie alleen do jesessen un Buchweh ze hann.«

Welch weise Sentenz. Halten wir uns dran! Und weil sie

auch den Lendenbereich streift, schnell noch was zum Thema Lust (eifeldeutsch: *Noupen/Naupen*): Franz-Rudolf Molitor aus Mürlenbach bekennt, das Thema »*önneneröm*« habe ihn, »wie jeden *Kärrel*, natürlich nicht unberührt gelassen. Den bitteren und gnadenlosen Lauf der Natur im Mesozoikum des Mannes hinnehmen müssend, bat vor Jahren ein Bekannter: Oh Herr, du hast mir die Kraft genommen, dann nimm mir auch die Naupen!

Wie gut, dass wir nicht wissen, was er meinte!«

Genau. Wissen wir nicht.

Et jit net jerannt.

Kommt Zeit, kommt Platt

Karl-Heinz Thommes: auch so ein Held, wenn ich das sagen darf. Aber ja, darf ich doch. Denn er kümmert sich nicht nur im Auftrag des Eifelkreises um Behinderte, er war nicht nur Chef der Prümer Astrid-Lindgren-Schule, er ist auch einer der Väter von Special Olympics Deutschland, wo Menschen Erfolge feiern, die ihnen niemand sonst zugetraut hätte. Respekt.

Karl-Heinz Thommes ist außerdem ein ziemlicher Filou. Und gebürtiger Daleidener. Von dort hat er uns ein paar sehr brauchbare Eifelweisheiten vererbt. Sowie aus Manderscheid – wo sein Schwager herstammte, der jeden einen »*Querbeidel*« (Beidel: *Böggel*, *Biggel*, Beutel, Sack) geschimpft habe, der anderer Meinung war. Sackzement! Und da kommen mir dann auch noch Ambrose Bierce und dessen Beschreibung eines Egoisten in den Sinn: »Eine Person minderen Geschmacks, mehr an sich interessiert als an mir.«

Zurück zu mir ... äh, nein, zur Daleidener Weisheit: Wer, erzählt Thommes, bei anderen nach Schlechtigkeiten suche, der tue das selten hinter einer Hecke, *»wu en net selver alt gesäß hatt'«* – also genau da, wo sich der Betreffende selbst bestens auskennt. Gut gesagt! Wie der von Opa und Oma aufgehängte Spruch bei uns im großelterlichen Hausflur: Wer Böses spricht von mir und den Meinen, der gehe nach Hause, betrachte die Seinen. *Do han se jät ze kecke!*

Erste Sahne ist auch der hier, den Thommes von seinem Vater hat: Der sei zwar ein Frühaufsteher gewesen, habe ihm aber klargemacht, dass es darauf gar nicht ankomme. Auf Daleiden-Deutsch: »*Et as net dat freh Obstoen. Et as dat zur Zekt do senn!*« Der Satz habe ihm in seinem späteren Leben enorm weitergeholfen. Ich glaub's sofort. Und ergänze: Es ist nicht nur das »zur Zekt« Da-sein. Es ist auch das rechtzeitige Wieder-weg-sein. Schüss!

Et jit net jerannt.

Von Zappen und vom Zoppen

Schön, wenn sich ein Thema von selbst weiterschreibt. Siehe Eichhörnchen. Und so war es auch mit dem Tannenzapfen der Fall. Meta Endres aus Speicher liefert noch was Neues dazu: Dort heißen sie nämlich *Lämmesjer*, Einzahl *Lemmesin*, »wie die jungen Schafe, wieso auch immer«.

Und Maria Leiff in Leudersdorf schreibt, die betreffende Kolumne sei leider nicht vollständig gewesen – »oh nein! Das muss noch ergänzt werden: Gut, mit *Kippcher* sind Tannenzapfen gemeint, wusste ich bis dato nicht«, denn in ihrem Herkunftsort Berndorf habe es mit dem Begriff *Kippche* etwas ganz anderes auf sich: Das Kippchen sei die obere beziehungsweise die *öwescht, kleener Häleft van em jekochte Ei!*«

Stimmt, Maria. Oder darf ich, eifeltypisch, *Marrische* sagen? Es stimmt sogar nicht nur in Berndorf, sondern auch in vielen anderen Orten der Ei- (hahaha! Diese Kolumne entgleitet mir gerade ... ich kann da gar nichts machen ... geht aber wieder vorüber) -fel.

Auf das Ei-Kippchen, schreibt sie weiter, »waren wir als Kinder besonders scharf«. Vor allem dann, wenn die Oma, *Zejmens Bäb*, gemeint habe, sie sei *»esu satt«*, und wer denn *»noch jär et Kippche«* haben wolle. »Da flitzten wir um die Wette um die Ecke.«

Und wenn die Kleinen, erklärt sie und bringt ein weiteres schönes Eifelwörtchen ins Spiel, lernen sollten, ein Butterbrot zu essen (... noch mal Klammer auf. Butterbrot: *Schmäär, Schmier* oder *Bottesch*), dann habe man das in Streifen geschnitten. Und wie nannte man die? »*Peerdcher.*«

Traben wir zur Zielzeile: *Peerdcher*, die tunkt man natürlich, nachdem das Kippchen weggeköppt ist, ins Ei. Das nennt man aber nicht tunken oder, bäh, dippen, sondern, Sie wissen es: *zoppen*.

Net rennen, net schlabbern.

Ein bisschen Hass muss sein

Wen hassen Sie eigentlich, Leser? Und dürfen Sie das überhaupt? Macht es Ihnen ein schlechtes Gewissen, dass Ihnen da direkt jemand eingefallen ist ... jeder kennt doch so einen *Knüüles, Tünnes, Moulert, Dappes* oder *Schwaadlappen elo,* genau!

Ich glaube ja nicht, dass das Sünde ist (sofern man es nicht dazu benutzt, jemanden wirklich plattzumachen. Gibt's leider auch. Das aber, Herrschaften, ist Sünde). Vielleicht ist das, was ich meine, auch kein wirklicher Hass, sondern nur ein gesunder Vorgang, der uns dabei hilft, irgendwie mit all der egoistischen, herrischen Rücksichtslosigkeit zurechtzukommen, mit der uns manch eine (hier bitte an das menschliche Heck in Verbindung mit einem klassischen Streichinstrument denken. Nicht Violine! Geige!) quält.

Das Thema kam mir, als ich letztens im Zeit-Magazin die wöchentliche Deutschlandkarte sah. Überschrift diesmal: Wer hasst wen? Zitat: »Kaum eine Region, die nicht von einer anderen gehasst wird.« Und dann werden die Rivalen aufgezählt: Kölner und Düsseldorfer, Saarländer und Pfälzer und so weiter.

Apropos Saarländer: Habe ich Ihnen schon mal den Witz erzählt? Was passiert, wenn ein Eifeler ins Saarland zieht? Genau: Dann steigt der Intelligenzquotient in beiden Regionen.

Nun ist diese Kolumne ja ganz und gar der Völkerverständigung gewidmet. Der lokalen zumindest: dem Eifeler Miteinander, und sei es auch nur eine kleine Insel in all der liebevoll gepflegten Zwietracht, die uns täglich begegnet. Schluss mit *schwaade*. Ich will ja kein – wie Willi Krämer aus Wiesbaum rübersendet (danke!) *Sellert* sein (kommt bestimmt vom lateinischen Wort für Speichel: saliva. Sabberkopp eben).

Ich wollte nur erzählen, was Dorfschmied Manni vor einiger Zeit antwortete, als ich den alten Eifeler Trinkspruch sagte: »Könnemer uns ja wieder vertragen.« Obwohl wir uns natürlich gar nicht gestritten hatten.

Manfreds Antwort, listig lächelnd aus dem Mundwinkel gezischt: »*Äwwer der Hass blievt!*«

Eben. Ich liebe das.

Et jit net jerannt.

Jetzt mal ehrlich

»Man muss immer ehrlich sein«, hat mir mal ein lieber und lebenskluger Mann gesagt, der kurz darauf dank seiner Ehrlichkeit voll auf die Schnauze fiel. Aber er hat ja recht. Also, ehrlich: Vorige Woche habe ich überlegt, diese Kolumne langsam auslaufen zu lassen. In der Woche davor auch. Und in der Woche davor und ... Sie verstehen.

Weil man sich ja doch immer wieder fragt, ob das Ding nicht, wie sein verfallender Verfasser ja sowieso schon, längst seinen Zenit überschritten hat.

Aaah, der Zweifel, *majuh*! Hält länger als jede Überweisung! Neben dem ganzen anderen Hader ist er einer der treuesten Begleiter, die man so hat. Könnte man sich auf Glück und Mitmensch so verlassen, wie schön wär's auf der Welt!

Hilfe! Oh, Post: Heißa, Rettung naht, im letzten Moment, für diese Woche wenigstens, von Mitmensch Reinhold Salzburger. Und zwar aus, Tusch!, Tönisvorst! Er hilft mir dabei, meine kleine Arzfeld-Trilogie abzuschließen: Weil er nämlich von dort stammt, wie auch Gaspar Norbert, Thielen Lothar und Stollenwerk Dieter – die Herren, die vorletzte Woche hier einen schönen Auftritt hatten.

Reinhold liefert noch ein bisschen Eifeler Namenskunde nach: Norberts Oma Katharina sei nämlich Näherin gewesen. Ergo hieß sie *Niech Kättchen*. Sein Vater – Vorname Fritz, gab es je einen schöneren? – deshalb: *Niech-Fritz*. Dessen Söhne taufte man also: *Niech-Fritz'-Norbert* und *Niech-Fritz'-Herbert*. Wunderbar. Thielen Lothar habe man, auch fein, nur den »Kaiser« genannt – wegen dem, der in Prüm in der Basilika ewig ruht. Und weil *dem Stollenwerks Dieter sein Papp* Schutzmann und Sheriff war, hieß der Sohn: *Schandarms Dieter*.

Apropos ewig: Reinhold Salzburger wünscht sich, dass unsere Kolumne »ewig weiterbesteht«.

Danke! Aber ich versprech nix. Da bin ich ehrlich.

(Anmerkung: Das Gegenteil von Zenit ist übrigens der Nadir. Angeblich aus dem Arabischen, in Wirklichkeit aber ein Eifeler Wort: »*Na dir*, wie jeht et?«)

Et jit net jerannt.

Was für ein Geschier

Man muss, tatsächlich, hin und wieder unter die Leute/Löck/Lekt/Leit/Läggt.

Nicht wahr?/Net woohr?/Net woar?/Jell?/Jelt du? (der Schrägstrich, den ich gelegentlich beim Anführen unterschiedlicher Eifelwortvarianten anwende, kann einen Satz ganz schön bescheuert aussehen lassen. Benutzt man außerdem noch den umgekehrten Schräger, also den hier: \ kann man lustige Zelte damit bauen. Schauen Sie mal: /\ /\ /\ Ich bin total gespannt, wie das nachher in der Zeitung aussieht/wirkt/rüberkommt).

Zurück zum Anfang und zu den Leuten. Letztens hatte ich mich also noch einmal zu einer kleinen Darbietung vor Publikum breitschlagen lassen – bei der Verkehrswacht Vulkaneifel. Die fanden, dass das mit dem *net rennen* gut zu ihren Zielen passt. Fand ich auch. Prima Verein übrigens.

Hinterher wurd's dann noch schöner: Da setzte sich nämlich Irma Knötgen aus Daun zu mir. Eine Frau, die ich sekundenschnell anzuhimmeln begann. Folgendes hat sie mir gesteckt: Vor einiger Zeit lag sie nach einer Operation im Brüderkrankenhaus. Langsam erholte sie sich auf der Station. Und eines Tages kam dann eine Schwester und sagte, sie könne sich jetzt ruhig wieder allein waschen. Auf Platt. »Ja wie soll ich dat dann maache?«, fragte Frau Knötgen im Dialekt zurück.

Die Schwester begann zu erklären: Erst das Gesicht, dann die Arme, Hände, Beine ... so eben. »Un dann ...«

... Hier setzt jetzt, als retardierender literarischer Kniff, Donnergrollen ein. Karrrummmbll! Schwarz zieht sich Wolkengetürm zusammen, dann plötzlich, ein Blitz! Zarrammm!

»Und dann ... och ... et ... *Heirotsgeschier*.«

Damit war nicht die Aussteuer gemeint.

Irma Knötgen kriegte sich damals gar nicht mehr ein. Und ich mich heute auch nicht. Weil sie aber so cool ist, fragte sie listig nach, was man denn zum »Heiratsgeschirr« beim Mann sage.

Antwort: Das habe keinen Namen.

Da fehlen einem glatt die ...

Et jit net jerannt.

Herrenpartie mit Nikolaus

Zweimal danke, Leute. Erstens für die liebe Post infolge meiner »Ichkannimih«-Kolumne vor 14 Tagen: Jetzt haben wir wieder Stoff für die nächsten paar Wochen. Da hab ich richtig Glück gehabt. Peter Wagner aus Irrel, den ich stellvertretend hier zitiere, sagt das viel schöner: *»De loen hoat mie Gleck wie en Sou Mamen.«*

Woher die »Mamen« kamen, das klären wir später mal auf, wenn die Kinder im Bett sind. Sind damit aber schon bei, zweitens, der weiblichen Anatomie und den Reaktionen auf das, was hier vorige Woche zur femininen Äquatorialzone stand. Also zum *Heirotsgeschier,* das angeblich kein maskulines Pendant habe. Hat es natürlich doch! Deshalb rief mich auch eine nette Dame aus Sehlem an (Gruß und Dank ins Salmtal!), die aber nicht genannt werden möchte, weil bei so einem Untenrumthema vielleicht doch jemand stinkig werden könnte.

Ihre Geschichte ist aber prima: Kommt ein Mann zum Arzt und sagt: »Ich hab Schmerzen im Unterleib.« Sagt der Arzt: Unterleib, so was gebe es nicht bei Männern, nur Frauen hätten einen Unterleib. Auf die Frage des Patienten, wie er denn nun dazu sagen solle, retourniert der Doktor: »Herrenpartie!«

Da entfaltete sich bei mir gleich das Herzensgeschier vor Dankbarkeit (Kollege Brunker albert dazwischen: »Besser Herrenpartie als Hängepartie.« Er ist ja auch noch jung). Und dann schickte uns Peter Wagner dazu gleich noch etwas Schönes: *»Bai ees an Eardel«*, schreibt er nämlich, habe das *»Hairotsgescherr vum Man«* selbstverständlich einen eigenen Namen. Und der ist vorbildlich: *»Et Neklosgescherr«*. Kapiert? Neklos, Nikloos, Nikolaus.

Und Peter Wagner spekuliert auch gleich eine plausible Begründung hinterher: »Vielleicht wegen der Nüsse?« Vielleicht? Bestimmt!

Da haben wir doch richtig schön den Sack zugemacht.

Et jit net jerannt.

Lasche Lauschäpper

Zu den ungeschriebenen – jetzt nicht mehr, Mist! – Gesetzen dieser wöchentlichen Betrachtung gehörte es bislang, dass Politik bestenfalls am Rande vorzukommen hat. Wo sie auch hingehört, damit wir uns nicht das Frühstück verderben.

Mit diesem Grundsatz muss ich heute brechen. Aber deshalb wird's jetzt auch nicht gleich richtig politisch, bewahre. Ich kenne meine Grenzen: Wann immer ich mich im ernst gemeinten Teil dieser Zeitung oder in Gesprächen mit Professionellen aus dem Gewerbe unterhalte und meine, nuja, Gedanken zu politischen Vorgängen äußere, beschleicht mich das Gefühl, dass die innerlich zusammenkrachen vor Lachen (Motto: Träum' weiter, Tünnes!).

Aber krachen ist das richtige Stichwort: Mir ist jedenfalls in den Sinn gekommen, dass das mit der nordrhein-westfälischen CDU nach der, wie Profijournalisten an dieser Stelle schreiben, krachenden Wahlniederlage im Mai (wollen Sie noch so einen profijournalistischen Automatismus? Hier: »Eine schallende Ohrfeige!«) nichts mehr werden kann. Weil nämlich ... Sie wissen ja, wer die jetzt anführen soll? Die Herren heißen Armin Laschet und Karl-Josef Laumann. Lasch und lau (*Lauschäpper*, sagt der Eifeler) gegen Kraft? Keine Chance.

Und weil ich gerade in den Kalauermodus rutsche, hier einer, den ich schon immer bringen wollte – jetzt passt er endlich: Er habe von den technischen Problemen am neuen Flughafen nichts gewusst, sagt Klaus Wowereit. Deshalb verleihe ich ihm heute den Titel: Negierender Bürgermeister von Berlin.

So, damit wir aber die Einflugschneise in die Heimat kriegen, schnell noch ein Anekdötchen von Rosi Moser aus Olmscheid: Zwei Frauen beim Pilgern, die eine betet »gelobt un gepriesen sei das 33. Regiment«. Sagt die andere: Das heiße aber »gelobt un gepriesen sei das allerheiligste Sakrament«. Antwort: *»Beet du fir deng Lekt, un ech beede fir meng!«*

Das, Leser, ist würdig und recht.

Et jit net jerannt.

Und noch eine Trilogie!

Geschafft, Leser: Heute beenden wir bereits, nach der Eichhörnchensache und der Arzfeldsache, unsere dritte Trilogie! Wahnsinn! Damit bin ich der weltweit vielleicht allererste, hüstel, Autor einer Trilogientrilogie (*Entschuldigung, lieber Leser, wenn ich mich hier kurz einschalte, ich mache das sonst nie: Ich bin das meist ruhende Gewissen des Verfassers. Nehmen Sie das eingebildete Geschwätz nicht ernst, bitte. Wenn man seine drei »Trilogien« aneinanderhängt, sind das gerade mal so etwa neun Seiten. Der soll sich nicht so haben. Und tschüs.*)!

Die großen Trilogienschreiber! Klar, Tolkien und »Der Herr der Ringe«. Dann, unbedingt lesen, Philip Pullman (So etwas wie Tolkien für Mitdenkende). Und, ja: Die »Hagener Trilogie« vom tollen Frank Schulz. Dann natürlich Eckhard Henscheid und seine »Trilogie des laufenden Schwachsinns«. Als ich in den Siebzigern, blutjung und schwerst beeinflussbar, den ersten Band, »Die Vollidioten«, durch hatte, war ich für die amtliche deutsche Gegenwartsliteratur (schnarch) verloren.

Wir schließen heute die Geschiertrilogie ab. Denn nach den bisherigen Kolumnen dazu (siehe: *Heirotschgeschier/ Neklosgeschier* – interessant: Untenrumthemen bringen immer schön viele Reaktionen. Da sage einer, wir Eifeler wären verklemmt.) erhielt der dankbare Schreiber Post aus Herforst, von, willkommen im Club, Kurt Weiser.

Er schickt uns einen Witz, der uns zugleich auf die internationale Ebene bringt: Denn den habe ihm ein luxemburger Kollege erzählt, »als es um Bedingungen ging, die zur Berufswahl beachtet werden sollten«. Und der geht, ich bin restlos begeistert, so (die Hauptrolle spielt »Schempi« – also ein

Jean/Johann/Schäng): »Zweng luxemburger Madammen sprechen über die Berufsaussichten ihrer Nachkommen. Die eine sagt: ›*Eeiser Schempi ist predestineert Pastour zu genn. Seng Pissgescheer is net an der Reih.*‹«

Wahnsinn, sag ich doch.

Et jit net jerannt.

Nein danke für die Info

In dieser Kolumne fegen wir ein paar zerstreut herumliegende Sachen zusammen und gucken mal, was wir damit anfangen.

Das hier etwa: Letztens versuchte wieder jemand, das Wort »Authentizität« (schwer in Mode übrigens) so auszusprechen, dass es nicht nach Stottern klang. Gar nicht einfach, sprechen Sie mir das mal nach: Authentizität. Authentizität. Und nochmal: Authen ... mir fiel dann ein: Wenn du das Wort in einem Gespräch an einer authentischen Eifeler Theke anbringst, dann denken die Typen alles Mögliche von dir. Nur nicht, dass du authentisch bist. Sondern *en Schouten, Schwaadlappen, Schmandläffel*. Oder, Höchststrafe: *en Komijen.*

Oder hier, ein Lieblings-Ärgernis: »Danke für die Info!« »Ich mach hier die Orga.« »Boah, Riesen-Atmo hier!« »Das ist alles nur Deko.« Ich weiß, wir sind alle ja auch so sensationell wichtig, gehören zur, brüll, »Info-Elite«, wer liest denn heute noch ganze Sätze, Absätze gar, Lesen ist doch sowieso für Luschen, keine Zeit (das sagen immer die, die in Wirklichkeit Schiss vor Buchstaben haben, glauben Sie mir!), jaja, *schwaduddel, schwaduddel.*

Aber es gibt einfach Wörter, bei denen sich in mir alles gegen diese schuppschwupp-scheinlässige Verkürzung wehrt. Ich jedenfalls nehme mir Zeit. Für Information. Und für Organisation (als für das Wort. Nicht den Vorgang. Organisiert, ich?).

Freund Harry sagt ja sinngemäß, wenn unsereinem nichts mehr einfalle, fange er an, Sprachkolumnen zu schreiben und Sprachkritik zu betreiben. Da hat er recht, wie immer. Ich bin ja auch schon still. Zumal unsere Geschichten ja eigentlich

Philosophie-Kolumnen sind, wie Sie ja alle wissen. In denen wir unsere Sprache nicht kritisieren, sondern rühmen, wie sie es verdient.

Feierabend. Oder, um mal ein Kinderwort zu benutzen, das Freundin Ruth letztens noch einmal ins Spiel brachte: Info, Orga, Deko, Atmo? Manno! Ich brauch jetzt *Freio*!

Und ein paar Euro. Und zwar pronto.

Et jit net jerannt.

Das große Mermöödens

Ich schäm mich ein bisschen. Weil ich nämlich letztens ... ja, bleiben wir auch weiter ehrlich, einen ... schwitz ... ach, es muss raus: einen *Trierer* um Hilfe gebeten habe. Ausgerechnet. Und wissen Sie, was? Er hat mir geholfen. Ganz schnell sogar.

Das war, bitte alle kurz aufstehen, der liebe Kollege Roland Morgen. Anlass: eine Anfrage von Gisela Neyses aus Meckel. Es geht um, wie sie schreibt, »Dialekt-Ausdrücke, die man schwer nachverfolgen kann«.

Hier muss ich kurz was einschieben (während Sie sich wieder hinsetzen): Nämlich das große *Mermöödens*. Oder auch, weiter südlich: *Mameedees*. Davon hat mir Clemens Lenz aus Stadtkyll erzählt: Seine Frau Lydia habe nämlich festgestellt, dass der Eifeler so oft »mermöödens«, also »man müsste mal ...« sagt. Und das, was er doch unbedingt mal müsste, dann natürlich nicht tut: Dem lauten *Böllräbbel* von gegenüber ordentlich Bescheid sagen, dem »Flaantes« (danke an Magda Backes aus Wallersheim), den man für nix brauchen kann, mal die Stelzen beschlagen, dem stinkigen »Roomelpitter« (nochmal Dank an Magda) ein Stück Seife schenken – und so weiter.

Ja, *mermöödens*. Fand auch Gisela Neyses. Nach Wörtern fragen nämlich. »Aber es ist immer bei dem , ich müsste mal, ich wollte doch ... und so weiter geblieben.«

Nur eben diesmal nicht: Sie hat gefragt. Nach den »Biwacken« nämlich – einem Wort, das unten in Meckel für einen frechen Jungen oder eine ganze Rasselbande stehe. Ich hab dann mal rumgesucht und festgestellt, dass das irgendwie aus Trier kommt. Und deshalb den Kollegen Roland angehauen.

Hier seine Antwort, für Frau Neyses und alle anderen:

»Biwaggen (Singular: Biwagg) steht für Lausbuben und entstammt wie so viele trierische Wörter dem Französischen. Le Bivuac war früher der nächtliche Herumtreiber, heute steht es für Biwak und Nachtlager im Freien. *Ca va?*«

Ca va, Roland! Eddi un merci!

Et jit net jerannt.

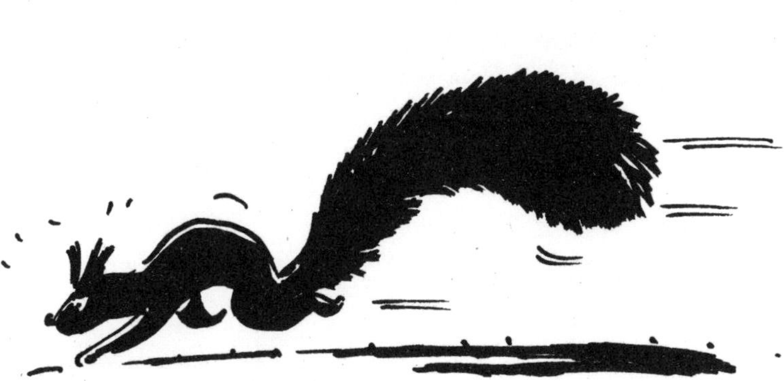

Sagen Sie Dir zu mir!

Das wundert mich jetzt doch: Seit zwei Jahren schwadroniere ich hier in der Gegend herum, nur ein Thema habe ich noch nie so richtig zwischengehabt.

Ach, da fällt mir direkt auf: Etwas zwischenhaben – oder gar: dazwischen haben - ist natürlich auch schön. Klassischer Fall von Eifeler Umgangssprache.

Holen wir also deshalb das Thema mal dazwischen, das ich so lange habe liegen lassen. Gemeint ist: die Eifeler Anrede zur eleganten Überbrückung einer als zu groß empfundenen Förmlichkeit bei gleichzeitig noch nicht so ganz ausreichend hergestellter Vertrautheit zum Gesprächsgegenüber. Wenn man, ihr kennt das, Leser, jemanden nicht direkt duzen will, einem das »Sie« aber dann auch zu doof ist.

Was sagt da der Eifeler? Klar: *Ihr*. Und ist er dabei zusätzlich noch des Dialekts mächtig, sagt er das natürlich nicht so, sondern: *Dir*. Achtung, Fremder: Das ist nicht der Dativ von »Du«, auch wenn es so aussieht. Es klingt auch überhaupt nicht so, wie es hier geschrieben steht. Sondern eher wie: ***Dieeer*** oder auch *Dicchhhch*. Mit einem rauchig aus dem Rachen raufgehauchten »ch« (ja eben, wie in »Rachen« oder wie in »gehaucht«).

Womit ich noch mal bei dem tollen, langen Schreiben von Eva Igelmund aus Auel wäre, aus dem ich vor einiger Zeit schon mal beglückt zitierte. Sie schenkt uns nämlich zum Thema »Ihr/Dir« noch einen schönen Klopfer, den ihr Gemahl Richard über seinen Kumpel Bruno erzählt: Der hatte soeben seine KFZ-Meisterprüfung abgelegt. Ich zitiere aus dem Brief von Eva Igelmund: »Seine Kollegen scherzten herum und fragten ihn, wie sie ihn denn nun, angesichts seines neu erworbenen Titels, ansprechen sollten, etwa: Herr Juchems oder Meister? Darauf Bruno: ›*Ihr könnt ruhisch DIR zu mir sohn.*‹«

Meisterlich. Danke!

Dann macht ihr, nein – *dir!* et jut.

Et jit net jerannt.

Endlich wissen wir's

Leute, wir haben's: Das Rätsel um das Eichhörnchen – warum es so heißt, warum es vor allem in den diversen Eifelregionen so unglaublich unterschiedliche Namen hat – es ist gelöst.

Das ist drei Leuten zu verdanken: Einer ist unser konspirativerer Kolumnenkollaborateur Gerd Ostermann aus Birgel, dessen Liebe zur Sprache ihn eines Tages zu einem feinen Buch greifen ließ: dem »Rheinischen Wortatlas« von Helmut Lausberg und Robert Möller (Bouvier, leider vergriffen). Das sind die beiden anderen, vor denen wir uns heute verneigen. Und Gerd hat uns die entscheidenden Seiten rübergeschickt. Toll, danke!

Die Verfasser haben sich auch das Eichhörnchen angeschaut: Sechs Grundvarianten zählen sie, denen wiederum diverse – Superwort! – »Zerlautungen« untergeordnet sind: Eichhörnchen (Aisch-/Eeschöensche, Eekhernsche usw.); Eichkatze (Eichkatz, Eechkater ...); Eichert (Äachert/schi, Äschat, Eischertsche); Kauert (Kauet, Käuetsche); Katteiker (Kateiker, Katteeker) und natürlich unser Kaweichelchen (Kawechelchen, Kawächert, Kabeschert, Kageechelchen) sowie die weiteren Variationen, die man davon hier findet, bis hin zum Kackäächleck.

So. Jetzt die Überraschung: Eichhörnchen – das kommt gar nicht von Eiche und Horn, auch wenn es im Sprachgebrauch schon früh daran angelehnt wurde. Das »Eich«, so klären Lausberg und Möller auf, stamme von der indogermanischen Wortwurzel »aig«, sie bedeute so viel wie »sich heftig bewegen«. Und so wuselte das Wort weiter – und das Tier, das sich auf Eichen heftig bewegte und deshalb hier und da zur Eichkatze wurde. Drehen Sie das mal um: Katze, Eiche – da ist das »Katteiker« nicht weit.

Ich kann hier nicht auf alles eingehen – nur das noch: Das Kaweichelchen, Kawäächelche und so weiter - das gibt es nur in der westlichen Eifel. Und man bildete es aus »Kauert« (wahrscheinlich für das kauende Tier) und eben dem Eichelchen, zerschliff und zerlautete es immer weiter, bis kaum noch einer wusste, wo das alles herkommt.

Uff! Bis zur nächsten Zerlautbarung!

Bewegen Sie sich nicht zu heftig.

Et jit also net jerannt.

Die großen Fragen*

Meine sehr verehrten Damen und Herren, liebe Kinderinnen und Kinder, geschätzte Bürgerinnen und Bürger, noch ein klein bisschen mehr geschätzte Leserinnen und Leser, Käuferinnen und Käufer, Abonnentinnen und Abonnenten, die ihr bereit seid, für die täglich' Frucht unserer Fron euren hart zusammengesparten Kriseneuro zu entrichten! Menschen der Eifel!

Als, wenn auch nur in der Einbildung, oberster Geschwätzeshüter unserer farbenfrohen Sprachheimat, muss ich heute eine ernsthafte Frage in den Kolumnenraum schmeißen. Nämlich: Wer sind wir?

Und gleich die Nächste: Warum sind wir da (und vor allem: Warum sind gewisse Leute da, für die der Eifeler das hier bereits einmal erwähnte Wort Unniedijen oder Onnüedijen erfunden hat? Und warum sind andere nicht oder nicht mehr da, die doch so viel nötiger wären?)?

Oh, es geht noch weiter, Leser: Weshalb, so fragen wir uns bzw. ich euch, aber nur rhetorisch, gibt es überhaupt etwas und nicht nichts, null, nüüst, noppes, jaanix, was doch viel leichter zu verstehen wäre, wenn es dann jemanden gäbe, der das verstehen könnte? Wie hoch ist überhaupt die Wahrscheinlichkeit dafür, dass es etwas gibt? Es gibt doch gewiss Berechnungen, die zu recherchieren und zu referieren hier leider (uff, hehe!) der Platz fehlt.

Das sind doch die Fragen, Leser, mit denen sich der Mensch beschäftigt, seit er der Illusion aufsitzt, denken zu können. Und dennoch, Gemeinde, muss ich passen: Es gibt keine Antwort.

Nicht von mir. Auf die Frage aber nach der grundsätzlichen Wahrscheinlichkeit von irgendwas, da hat die tiefe

Weisheit der Eifel dann doch eine passende Replik, eine schlichte und schlagende Satz-Ellipse dafür, dass etwas doch irgendwie, nunja, relativ wahrscheinlich ist. Nämlich, Achtung, das Eifeler Eventualitätsgesetz. Und das geht so: »Wat meinste, ist der besoffen?« Antwort: *Eher wie net!*

Et jit net jerannt.

Wahrscheinlich.

*Im ersten Band berichtete ich von Robert Zimmer, dem Teilzeitstadtkyller, der so viele wundervolle Bücher über Philosophie geschrieben hat – nämlich solche, bei denen man wirklich versteht, was Sache ist. Eins davon, gemeinsam verfasst mit Martin Morgenstern und bei Reclam erschienen, heißt genau so wie diese Kolumne.

Ode an unser Wappentier

So: Da uns das Tier so oft und so lange beschäftigt hat, erkläre ich kraft meiner Autorität und in der Gewissheit eures, Leser, Einverständnisses, das Eichhörnchen zum Wappentier der Eifel-Einsichten.

Damit schaffen wir außerdem eine Marke, das hat ja heute jeder Jeck, und erhöhen damit gleichzeitig den Wiedererkennungswert unseres philosophischen Wochenprodukts.

Und weil das mit angemessener und angebrachter Würde zu zelebrieren ist, habe ich schnell den offiziellen Hymnus aufs Hörnchen verfasst. Bittesehr:

Eichhörnchen, oh *Kauert*
Lange hat's gedauert

Bis wir auf die Spur dir kamen
und verstanden deinen Namen

Bis wir endlich alles wussten
was so lang wir suchen mussten

Doch es war, *Kageeschert*, gut
dass man sich die Mühe tut

Deinetwegen, oh *Kaweichert* –
denn du hast uns stets bereichert

Drum, *Kackäächleck*, rufe ich:
Danke dir, wir preisen dich

Verehren dich auf immerdar
weil nie ein edler' Wesen war.

So kletter weiter auf die Bäume
schaff dir für deine Nüsslein Räume

Spring weiter droben durchs Geäst
so lange man Geäst dir lässt

Wir folgen dir und deinem Schweif
mit zartem Blick, den Nacken steif

Und freu'n uns, dass wir dich gefunden
Das wär's gewesen. Sehr verbunden.

Von deiner Anmut stets gebannt:
Die Eifel. Et jit *net* jerannt.

Die olympische Bilanz

Die Olympischen Spiele: vorbei. Die Deutschen haben enttäuscht, nein, begeistert, nein, zu wenige Medaillen geholt, obwohl, es waren mehr als in Peking, also haben sie doch ...öh, egal. Jamaikas Sprinter bringen sich übrigens mit Bananen nach vorn. Und unsere Kommentatoren glauben das.

Schade, dass unsereiner niemals an einem solchen Ereignis wird teilnehmen können. Aber die Aussicht, dass »net Rennen« zur Disziplin wird, ist gering. Auch »Früherschlussmachen«, »Schönrumsitzen« und »Heutemallängerfrühstücken« werden keine Chance haben, obwohl man darin zur erweiterten Weltspitze gehört. So bleibt man ohne Gold, hmpf, und das nur, weil der Passivsport, machen wir uns nichts vor, keine Lobby hat.

Ich muss leider heute nochmal ein bereits runtergekötschtes Thema ins Spiel bringen. Und zwar ins olympische: den verhauenen Anglizismus.

Weil: London. England. Da würden sich doch unsere Kommentatoren bestimmt so einen betont britischen, scheinlässigen Phrasenanstrich geben, ahnte ich. Sie enttäuschten mich nicht: Was haben sie sich froh geschwätzt an den rasenden Apotheken, vor allem, wenn sie so schön amerikanisch-knätschig auszusprechende Namen hatten (»Dschaaa-stin Gättt-linn!«). Und dann haute Poschi den Satz raus. Nämlich den von jenem Teilnehmer, bei dem der Olympiasieg das Sahnehäubchen, der Zuckerguss, das I-Tüpfelchen auf der Karriere wäre. So sagte er das aber nicht. Sondern sülzte: Das wäre ... »the ice on the cake«.

Das Eis auf dem Kuchen. Tja. Leider sinnlos, zumindest hier. Denn es heißt nicht »ice«. Sondern: »Icing.« Und das steht eben für den Zuckerguss obendrauf. Gibt's gelegentlich auch mit Gelatine. Pardon: natürlich mit Schelantine.

Dick tun, aber nix dahinter. Der Eifeler hat dafür ein Wort, in dem er dreimal ein »sch« unterbringt: Wischtischmäscher.

Zurück in den Trainingsstützpunkt.

Et jit net jerannt.

Mein Dingelen, dein Dingelen

Und ein Wort mit vier »sch« drin, um hier gleich an die Kolumne aus der Vorwoche anzuschließen, *jiddet, giddet* oder *gevtet* natürlich auch: *wischtischmäscherisch.* Kennen Sie eins mit fünf? Schnell her damit! Wir nehmen auch Neuschöpfungen!

Wo wir im Rachen das »ch« zum »sch« verwandeln, machen wir vorne, also thwiffen Pfunge und Pfähnen, aus dem »d« ein »t«: So sind in der Eifel eben aller guten Dinge, genau, trei. Das ist aber kein Trama.

Merken Sie was? Die Kolumne eiert in der Gegend herum. Das liegt natürlich an der Jahreszeit: Sommers stürzt bei mir der Kreis- und Ideenlauf sowas von in den Keller, dass ich nur mit Ach und Krach den Dienst verrichten kann. Das geht bestimmt vielen so, egal, womit sie auch immer kein Geld verdienen.

Moment ... ich will mal eben ... klick, klick Internetz: Ach, schon wieder der Euro-Rettungsschirm. Nä, keine Lust. E-Mails gucken? Hm, schon zwei Minuten lang keine mehr reingekommen. Welt, wo bist du?

Mitten in dieser bräsigen Leere fällt mir dann doch noch eine schöne Geschichte von Rosemarie Treitges aus Gerolstein ein. Hat sie in der Kölner Straßenbahn erlebt und glaubt, die Dame, die darin vorkommt, hätte auch eine Eiflerin gewesen sein können: Die Bahn jedenfalls ruckelte und rumpelte, die Dame stellte die Vermutung an, der Fahrer mache das aber *»och noch net lang«*. Ein Student habe sich dann zu ihr rübergebeugt und zu einem hochfachmännischen Erklär-Vortrag angesetzt: Da ging es um allerlei technische Details, es war schrecklich kompliziert, die Dame hörte brav zu und meinte dann, nachdem der junge Mann fertig war: *Joh ... oder dat.*

Schön. Aber was mach ich hier eigentlich? Wie nennt man das, wenn man nur so vor sich hin fuhrwerkt, aber nichts Vernünftiges zustande bringt? Genau: bei uns heißt das *rumdingelen*. Muss auch mal sein.

Et jit net jerannt.

Abenteuer des Schienenstrangs

Falls das hier jemand liest, der bei der Deutschen Bahn für die Pressearbeit zuständig ist: Ich antworte nie auf Ihre Mitteilungen, Herrschaften. Sie sind ja nicht einmal in der Lage, mich richtig anzureden!

Ich bin nämlich nicht der »Sehr geehrte Herr Fritz-Peter«. Obwohl, immer noch besser als Lindner, was auch schon vorkam. Nix gegen den Patrick (höchstens gegen seine Musik) und auch nichts gegen den Herrn von der FDP (wobei ... ach, lassen wir's).

Ich wollte was anderes erzählen. Nämlich dass, geben wir's tapfer zu, Dialekt gelegentlich verdammt unsexy sein kann. Womit ich noch einmal bei der Bahn wäre: Als Student, pardon: *Studeerten*, reiste ich nämlich einst zum Wochenende per Zug nach Hause zurück. In Köln stieg ich in die regionale Bimmelbahn - und gewahrte ein gar wunderhübsch' Mägdelein, das mutterseelenallein im Sechser-Abteil saß, wehrlos, gefährdet und ... naja: höllisch attraktiv.

Das weckte meinen ... sagen wir: Beschützerinstinkt. Und mein Gewissen rief mir zu: Geh hinein, Junker, setz dich zu dem jetzt aber wirklich auch dermaßen wohlgeratenen Kinde, verstricke es in ein Gespräch von größter Harmlosigkeit und geleite es so brav zum Heimatbahnhof, auf dass es heil und unbehelligt in den Schoß der Familie zurückkehren möge. Gedacht, getan, reingeflutscht und hingesetzt.

Das war zu der Zeit, als es noch Raucherabteile gab. Und siehe: Das Mägdelein fummelte, charmant lächelnd (eieiei!), ein Päckchen Zigaretten aus seinem zauberhaften Brust- ... äh, Handtäschelchen.

Und ich? Zückte lässig mein Feuerzeug, um die Schöne elegant zu entflammen. Vielleicht ja auch für mich. Und was sagte sie, strahlend und mir tief in die Augen blickend? Ich weiß es nicht mehr. Es klang aber wie: »*Mööh ... bööööh ... dattschwatschbatsch ... jerümmelebümmeledingens.*«

Uaaah. Et jit net jerannt.

Mehr von Jupp aus B

Der Kolumnistendank geht heute nach Berlingen, von wo uns Hans Lütteken angefunkt hat. Er liefert uns weitere wunderbare Sätze des leider bereits von den Berlingern und damit auch von uns gegangenen Schmitz Jupp, den wir hier schon mal zitiert haben.

Jupp und seine ebenfalls leider nicht mehr auf der Eifelwelt wesende Frau Hedwig, so schreibt er, »waren nicht nur ein sehr lebenslustiges Paar - sie waren auch sehr gottesfürchtig«. Drum pilgerten die beiden auch jedes Jahr brav betend und büßend (ach, immer Büßen, immer schlechtes Gewissen … die, die ein schlechtes Gewissen haben, grämen sich zu viel. Und die, die keins haben, die hätten oft eins verdient … Pardon, ich lass mich wieder hinreißen.) ... nach Barweiler.

Die Wallfahrer sind gerade zwischen Dockweiler und Dreis, als sich Hedwig in die Büsche schlägt und kurz darauf »sichtlich erleichtert« zurück zur Gruppe hoppelt. Die Gruppe aber kichert. »Fragend«, referiert Hans Lütteken, »blickte sie sich nach ihrem Jupp um.« Der ihr gelassen erklärt, »dass sie ihren Rock in die Unterhose gesteckt habe«. Das hätte er ihr ja auch sagen können, rügt Hedwig. Antwort von Jupp: Er habe ja keine Ahnung gehabt, *»wie dau dä Jang versproch hatts.«* Heißt: Welche erschwerten Bedingungen sich Hedwig beim Bittgang zur Mutter Gottes auferlegt hatte. Ich finde das sehr rücksichtsvoll von Jupp.

Apropos Unterwäsche: Da hat uns Josef Hupperts aus Niederprüm noch was Schönes hinterlassen – über die Eifeler Frauen, die früher immer diese voll »sechsy« braunen Strümpfe trugen und mit Gummis von Einmachgläsern am Oberschenkel fixierten (Einmachglas, Gummi – merken).

Eine solche Dame – aus Müllenborn - hatte auf dem Prümer Markt eingekauft und wollte jetzt mit dem Zug zurück nach Gerolstein. Am Gleis hetzte sie dem losrollenden Bähnchen hinterher, der Gummi flutschte vom Bein – und der Schaffner rief: *Frau, passt op, ech ass e Jelaas opjange!*

Et jit – eben – net jerannt.

Kommt nicht mehr vor

Seliger Dämmerzustand: Es ist schon ein bisschen her, als ich einmal im Flimmerzimmer vor dem Glotzkasten lagerte und, vom Tagwerk rechtschaffen ermattet, irgendeinen Quatsch im Primat ... pardon: Privatfernseh guckte. Dann kam Werbung. Ich griff zur elektronischen Fernbedienung (*dat Flitschdingen*), flitschte ein paar Stationen weiter und setzte mein glasiges Schauen fort. Um etwa drei Minuten später festzustellen, dass ich Werbung guckte.

Schlimm! Genauso schlimm wie diese Woche, als wir einen Restaurantbesuch überstürzt abbrachen, um rechtzeitig daheim zu sein, denn schließlich läuft zurzeit dienstags wieder das Schönste, was unser Fernsehen zu bieten hat: Mord mit Aussicht (»Die Eifel – Deutschlands bester Tatort«, schrieb die »Welt«, und wenn die Springerpresse überhaupt jemals mit etwas recht hatte, dann mit dieser Überschrift).

Also: Kiste an, Tagesschaureste weggeglotzt, und dann ... kam Fußball. Und auch noch richtig schlechter Fußball. Zumindest von unserer Elf. Gut, am Ende haben sie ja gewonnen. Aber wie!

Wenn du freudig etwas erwartest, das dann nicht kommt (Zeitung, Lohn, Amazonpaket, Weltfrieden), dann kriegste *en Hals*. Genauso wie Roland Thelen, der sich vorige Woche aus Mehren wehren musste: »Seit Menschengedenken«, schreibt er, »erscheinen die Eifeleinsichten auf Seite 16/oben links. Und heute?! Das hat mir das Frühstück verdorben. Das ist Diskriminierung. Es wird Zeit, dass Sie in Trier einmal auf den Tisch schlagen.«

Weitere Anfeindungen aus der zürnenden Leserschaft erreichten mich telefonisch. Ich hab dann sofort in Trier auf den Tisch geschlagen (bitte glaubt mir das jetzt einfach, ja?) und kann Entwarnung geben (für diese Woche, weiter wag ich mich nicht vor): Es war keine Diskriminierung (glaube ich. Hoffe ich). Wir mussten vorigen Samstag nur aus Platzgründen umsortieren, und daher stand unsere Wochenpost nicht an gewohnter Stelle.

Das soll aber eine Ausnahme bleiben. Glaube ich. Hoffe ich.

Denn Herr Thelen hat natürlich recht: »Dat eloh jet net!«

Et jit net jerannt.

So sieht es bei Roland Thelen in Mehren aus: Die Eifelkolumne, fein ausgeschnitten und an die Wand geklemmt. Beispielhaft!
(Foto: Roland Thelen)

Yin, Yang, Jäng un Dingding

O bewundernswerte Weisheit des Chinamanns: »Wir werden nackt, nass und hungrig geboren«, sagt er. »Und danach wird alles noch schlimmer.«

Ja, da hat er recht. Und auch damit: »Ein Dummkopf, der arbeitet, ist besser als ein Weiser, der schläft.« Deshalb schaffe ich mich hier mal weiter brav voran, zumal mir im Chinazusammenhang Andreas Wisniewski aus Stadtkyll eine traumhafte Geschichte erzählt hat: Nämlich von den zwei Jungs aus dem Raum Speicher. Die tapferen Eifelsoldaten waren zu Zeiten des Boxeraufstands (gegen die Imperialisten aus Japan und dem Westen vor rund 110 Jahren) ins Reich der Mitte abkommandiert.

Da sind sie also nun, lagern mit ihrer Kompanie in der Nähe von Tsching ... Tsing... Dings ... egal, eines Morgens klabastert einer der beiden aus dem muffigen Militärzelt, während draußen ein Offizier herumstolziert. Der Eifeler blinzelt hoch, dreht sich um und ruft zu seinem Kumpel nach drinnen: »*Komm, Scheng, d' Sonn schingt schien!*« Worauf dem Offizier entfährt: Donnerkeil! Zwei Tage hier und schon die Landessprache drauf!

Jahaa! Oder die zwei Sätze, die uns Rosi Moser aus Olmscheid schunk, pardon, schenkte – vom Herrchen, das seine schmerzleidenden Köter bedauert - »*Ming Honn han Peng!*« – bis zum galanten Kompliment: »*Deng Henn sinn schien!*« Und dann natürlich der Eifeler Begriff für den inner-, außer-, vor- oder nachehelichen Verkehr: *Mingdingindingding*.

Jetzt aber *jäng* zurück zur chinesischen Originalweisheit: »Wenn die Menschen nur von dem sprächen, was sie verstehen, würde bald ein großes Schweigen auf der Erde herrschen.« Und das ist ganz im Sinn von Konfuzius: »So du aber glaubst, dass du alles wissest, wird dir der Drache der Dummheit fauchend die Furche versengen.« Gut, war nicht Konfuzius. War ich bzw. Dem Lin-Den Seng-En.

Zum Schluss nochmal der Chines': Je stiller du bist, desto mehr kannst du hören.

Deshalb, ganz leise: (Et jit, psst, net jerannt.)

Impuls der Zeit

Mir fällt auf, dass in letzter Zeit immer mehr »Impulse« gesetzt werden: Da hört man ein »Impulskonzert«, dort gibt es eine Wanderung »mit Impulsen«, und bei jeder zweiten Zusammenkunft von irgendwelchen Zusammenkünftlern wird ein »Impulsreferat« gehalten. Also frage ich mich beziehungsweise den jungen Kollegen Christian Brunker, der ja viel näher ist am Modernsprech, was es denn damit auf sich habe, mit dem Impuls.

Das bedeute, sagt er, dass von diesen Veranstaltungen eben Impulse ausgehen sollen, also, ich zitiere, »dass man davon etwas mitnimmt«. Er sei überhaupt der Meinung, ich zitiere noch einmal, um nicht mich, sondern ihn in die Bredouille zu bringen, »dass wir von vielen Veranstaltungen einfach zu wenig mitnehmen. Also Besteck, Schnittchen und so.«

Ah. Nun ist der Eifeler nicht vom Stamme »nimm«, sondern höchstens vom Stamme »hol« (was übrigens vorgelesen viel gemeiner klingt als gedacht und geschrieben). Der nimmt nix mit, der holt was mit.

Aber Impulse? Öhh...ffhh. »*Eisch hann do äresch vill Impulse matjeholt*«. Kann ich mir nicht vorstellen, dass der Eifeler das am Ende einer Vorlesung oder was weiß ich sagt. Können Sie?

Der Eifeler, ich weiß es, kennt andere Impulse. Und die erhält er sich auch, dafür gibt es sogar in der Physik das »Impulserhaltungsgesetz«, das aber nur für geschlossene Systeme gilt. Also wahrscheinlich dann auch für die Eifel.

Zum Beispiel, wie unsere Mama immer so gern erzählt, wenn ein ganz bestimmter Rotzlöffel wieder was ausgefressen hatte. Dann wurde der von einem sehr pragmatischen

Impuls ergriffen, den auch ich immer wieder verspüre - nicht nach schadhaftem Verhalten, sondern wenn ich mich in der extrem unangenehmen Gegenwart gewisser extrem unangenehmer Gestalten befinde. Und dieser Impuls lautet: »*Mir hauen ab.*«

Da darf man dann auch mal rennen. Aber nur da! Sonst: net!

Auf der Straße nach Wuaannischters

Sind wir nicht, Leser, Reisende allesamt? Fahren wir nicht, gebt's zu, planlos durch dieses unser einzig' Leben, von keinem Kompass treu geleitet? Verlaufen, nein, verlieren wir uns nicht gar an jedem unserer viel zu kurzen Tage? Und, hab ich nicht recht, geraten wir nicht dabei auch immer wieder vom Wege, dem rechten, den uns einst die Weisen wiesen, ab, taumeln tief in undurchdringliches Gestrüpp, verfransen uns auf dunklen, dornenreichen Pfaden und, ich merke es gerade, in heckengleich wuchernden, hoffnungslos verschachtelten Satzgebilden sonder Form und Sinn?

Und steckt nicht aber dennoch in jedem von uns ein Sehnender, ein Fliehender, ein kleines Kind, das hinauswill in die weite Welt, zu erkunden ihre Wunder? Was? In Ihnen nicht?

Trotzdem: Reisen, flüchten, stiften gehen – es gehört dazu, und gerade die Irrfahrten können Spaß machen. Und wenn man nicht mehr weiß, wo es lang geht, dann muss man fragen, auch wenn die Antworten nicht immer, um ein weiteres Wichtigtuermodewort zu bringen, »zielführend« sind.

Wie bei jenem Mann, der einmal mit seinen Lieben im Auto nach Prüm geraten war (diese Geschichte verdanken wir meinem, schnief, verstorbenen Freund Jüpp) und nicht mehr wusste, wie er nach Köln kommen sollte. Er fuhr rechts ran, als er eines offenbar Einheimischen ansichtig wurde, kurbelte das Seitenfenster herab und rief: »Entschuldigung, wir wären gern nach Köln ...« Antwort des Abteistädters: *»Ei, da faahrt doch!«*

Es muss indessen nicht immer die *Grand Tour* sein. Da passt ein aktueller Dialog, abgelauscht (und sofort an uns, zur Freude der Eifeler Gesamtmenschheit, weitererzählt) von Sandra Klinkhammer im Friseursalon von Neuerburg. Kundin zur Friseurin: »*Ma brouch net wejt foahren, da as ma wuaannischters!*« Wie richtig! Oder, so die Antwort der Friseurin: »*Joh-Jooh!*«

Und weg, mit Fahrtenlied auf den Lippen.

Et jit net jerannt.

Und weiter geht die Reise

Bleiben wir, wie vorige Woche, noch ein bisschen an fernen Gestaden, *wuuaanischters* eben oder, wie Meta Endres »mit herbstlichen Grüßen« aus Speicher ergänzt, *sossäärens*. Also: sonst irgends, wörtlich übersetzt.

Sie liefert uns auch noch eine verfeinerte Variante des letztens zitierten Spruchs vom Eifeler Soldaten in China: »*Schang, breng meng Schohn, de Sun schengt schung sching.*« Danke!

Ach so, muss ich ja noch übersetzen: »Johannes, bring meine Schuhe, die Sonne scheint schon schön.«

Nur ein Beispiel für das große Wissen unserer Leser - das mich erneut lehrt, wie ahnungslos ich manchmal vor mich hin fuhrwerke. Deshalb liefern wir gleich noch ein zweites Beispiel hinterher: Weil nämlich Gisela Neyses aus Meckel den vermutlich aller-aller-allerletzten Hinweis auf die Herkunft des – Sie ahnen es, oder? – joh: Eichhörnchens beziehungsweise *Queckäächlecks* ausgebuddelt hat.

Ich zitiere: »Sollte am Ende der Eifeler gebildeter sein als *gemänerhand* angenommen und die Bezeichnung vom lateinischen ›Quercus‹ für Eiche stammen?« Quercus – Queck. *Ja leck!*

Ich weiß gar nicht, was mich mehr beeindruckt: der Latein-Hinweis oder das elegant eingeflochtene *gemänerhand*. Ich danke jedenfalls beiden Damen und verneige mich in Ehrfurcht vor so viel Kenntnis.

Und wo ich gerade wieder so hemmungslos beim Leserzitieren bin, hier noch was: Es kommt von Anja Bilstein, einer Schullererin (ja, das schreibt man so!), die uns zwei allerliebste Brieflein sandte, vollendet formuliert und in einer schweifenden Ausführlichkeit, der ich hier niemals werde Recht tun können. Als Vorgeschmack aber (demnächst mehr von ihr) sei sie zumindest kurz zitiert. Nämlich so:

»Genug schwadroniert. Jetzt gehe ich zum Brotkasten und mache mir eine *Schmier*.« Und die schneide sie dann in – nicht *Peerdscher*, wie wir sagen, sondern in *Reiderscher*. So heißt das im Westrich, wo sie herkommt. Und wo das ist, erklären wir demnächst.

Mit herbstlichen Grüßen:

Et jit net jerannt.

Früher war alles ... früher

Früher, Mann. Ich weiß noch, wie ich immer fasziniert hinlauschte bzw. *lüsterte,* wenn in der Familie von »früher« erzählt und dazu dann vielleicht randgeriffelte Schwarzweißbilder rumgereicht wurden. Früher: Das war ein immens großer Zeitraum, in dem wahnsinnig viel und viel Wahnsinniges passiert war - zehn Jahre zum Beispiel, haha.

Nun, da ich mich vor einigen Wochen, wie die Gemahlin immer so schön sagt, ebenfalls aus der werberelevanten Zielgruppe verabschieden musste (mit den entsprechenden Begleiterscheinungen Altersackgefühl, Verzweiflung, Weltschmerz und Höllenhader), stelle ich fest: Was man früher für »früher«, also weit zurück hielt, kommt einem heute vor wie gerade eben gewesen.

Gestern war man noch 19 und fand 25-Jährige unfassbar erwachsen, also alt. Heute ist man innen immer noch 19, sieht aber aus wie ein nicht mehr TÜV-fähiger *raderschöllijer* Rappelkasten. Nur erwachsen ist man nicht.

Früher sagten die Leute immer: »Früher, da hatten wir ja nix!« Ich bin dann immer versucht zu antworten: »Genau – wir hatten auch nix. Noch nicht mal Hunger!« Aber das ist gemein und nur der Zynismus der verhältnismäßig gnädigen späte(re)n Geburt.

Von früher handelt auch die Geschichte, die Manfred Bormes aus Biersdorf heraufgeschickt hat. Er erzählt von einem Mann aus dem Prümer Raum (»*vun owen rawer*«), der einmal irgendwo im Bekow auf der Kirmes war und die Südregion als verdammt arme Gegend bezeichnete, denn da gedeihe doch noch nicht mal »*Jenster*«. Wobei, wie er anfügt, der Ginster, auch wenn ihn alle Eifelgold nennen, bestensfalls was für den »*Besemsbenner*« sei.

Und außerdem seien die Südeifeler doch, wie er anfügt und jeder da unten wisse, steinreich. Was sie leider nur der felsenfesten Geologie verdanken. Aber auch, wie ich jetzt mal anmerken möchte, ihrem sensationellen Charakter (jaja, nicht alle. Aber die meisten! Und alle, die mir schreiben!).

Danke – und herzliche Grüße *vun owen rawer*!

Et jit net jerannt.

Experimentelle Kolumnistik

EIn Experiment, Leser. Heute schreib ich mal einfach drauflos und schaue, was passiert., Ich habe nämlkich nicht vor, meine Tippfehler zu berichtigen (und bitte die Korrektoren, das auch nicht zu tun, ja? Sonst funktioniert das ja nicht. Drei hab ich schon, Mist).

Was gab'Äs diese Woche? (Wo kommt denn dieses »Ä« her? Und furchtbar, immer die zwei großOen Anfangsabuchstaben, wenn man zu schnell in die Tastrenm hackt. Tastrenm? Tasten!). Also, das gab's: Vorgestern traf ich an der Tanke Herbert Blum aus Ormont. »*Watt ich dir noch saren wollt*«, fing er an. Und erzählte mir dann – ach was, er hat's mir dann noch mal geschickt, nämlich das hier:

Im Winter sitze man doch gern am warmen Ofen und gönne sich ein deftiges Essen, »eventuell mit ordentlich Zwiebeln drauf«. Und dann kommt er zu dem Punkt, den ich auch immer so schön finde: die Unterschiedlichkeit der Eifeler Sprachvarianten. Und »wie ein Buchstabe (bzw. zwei Pünktchen) die Bedeutung verändern kann«.

Da sind wir dann wieder bei der Zwiebel: Im Kreis Euskirchen nenne man das Lauchgemüse »Öllisch«. »Wenn ich dann beruflich in der Bitburger Kante, genauer gesagt im schönen Örtchen Philippsheim unterwegs bin, höre ich öfters den Ausspruch: ›*Den Ollisch oss och alt wer dürer*‹.« Dort meine man damit aber dann nicht, »dass die Agrarpreise angezogen haben. Nein, der Ölpreis ist gestiegen.«

Zwei Punkte, eine ganz andere Bedeutung: Wundewrbar (das »w« bitte wegdenken).

Ich habe natürlich auch eine Theorie, wqarum (das »q«

auch), die Zwiebel im Norden »Öllisch« heißt. Wegen Lauch. Lateinische Bezeichnung: »Allium.« Oder?

Sehr schön. Wie auch der Anruf diese WOche (schon wieder ein Doppelgroßbuchstabe) von Heinz Lentz aus Steffeln: »*Watt ich dir noch saren wollt*«, beginnt er, und referiert den Steffeler Satz, der uns diese Woche als Merkspruch gelten wird: »Halt jeden für ehrlich. *Äwwer pass op deng Saache op!*«

Dnake, Männer!

Et jit net jerannt.

Neues von der Wörterfront

Prima, Leute, zwei Hammerbriefe von verlässlichen Mitverschwörern, nämlich Peter Trauden aus Heil- und Franz-Rudolf Molitor aus Mürlenbach – los geht's:

»Nach längerer Zeit noch mal was Neues vom Krieg der (Wort-) Welten«, schreibt Franz-Rudolf Molitor »mit besten Grüßen von der Front«. Ich zitiere: »Ein Fremder war in unser Dorf gezogen.«

Das ist in der Eifel ein guter Anfang: So viele ziehen ja nicht in unsere Dörfer. Bei diesem Zuzieher handelt es sich außerdem um einen Niederländer (was würden wir eigentlich ohne die machen?).

Dem guten Mann näherte sich nun ein Einheimischer, der, so ergänzt Herr Molitor, »fürs Seelenheil dringend wissen musste, was denn nun an Veränderungen am gekauften Haus kommen würde«. Anders gesagt: Er wurde von der Neugier, pardon, von der *»Fuurwatz jöplocht«* und gab ihr mit folgenden Worten Ausdruck: »Was sind Sie denn *sanns*?«

»Sanns« – herrlich. Bimmelt's, Leser? Das kommt doch bestimmt von »Sinn«, oder? Also: Welchen Sinns denn der neue Eigentümer mit seiner Immobilie sei. Toll.

Und gleich die Geschichte von Traudenpitter hinterher, vom Bauernjungen aus der Nähe von Pronsfeld, der sich in ein Mädchen verguckt hatte und eines Tages, die Präsentation der Geliebten im Elternhaus vorbereitend, daheim von ihr erzählte. »Die Sache«, schreibt Peter Trauden, »hatte nur einen klitzekleinen Haken: Die Zukünftige entstammte recht bescheidenen Verhältnissen.« Anders gesagt: Die hatte *nix an de Füß'*.

Dafür aber hatte sie es woanders: Der Junge schwärmte von ihrem guten Charakter und vor allem, Zitat, »vom ansehnlichen Körperbau der Maid«. Die Eltern hörten geduldig zu – »bis der alte Öhm (bzw: *Iehm*) hinten vom Ofen kurz und knurrig sein verheerendes Urteil abgab: ›*'n decken Ogger heescht noch lang net vill Mellisch!*‹

Granatenmäßig. Gruß an die Wörterfrontberichterstatter!

Et jit net jerannt.

Der Leser macht Druck

Leser, ich werde erpresst. Zwar wollte ich das Ganze tapfer unter Verschluss halten, aber Sie wissen ja, wie das ist mit dem Druck, wenn man den deckelt, wenn man zu lange zukneift oder -pitscht, – dann macht es »peng« (oder »phhrratt«), und dann hat man die Sauerei.

Aber es muss jetzt raus, denn Angst und Sorge nehmen mir den Verstand (wer hat da »welchen?« gesagt?!?), die Verzweiflung lässt mich kaum noch die Tasten treffen, so zittrig bin ich m-m-mit-t-tt-ler-w-w-weile.

Denn ich erhielt Post. Aus Kyllburgweiler. Von Rita. Sie sei, schreibt sie, die Tante meiner Kollegin Inge Kreutz, und sie besteht darauf, »auch so bei Ihnen genannt« zu werden.

Gebongt, liebe Tante von Inge.

Ich muss da klein beigeben, denn sie setzt mir die Sense beziehungsweise *Säänzel* auf den Solarplexus: Sie lese ja schon gern die Kolumne, das gelinge ihr aber nur, Achtung, »wenn ich mit einem Daumen das Bild dazu abdecke«. Das Foto hier oben nämlich, und jetzt wird's fies, Leute, vor allem für die Frommen unter euch, »passt eher zum Wort zum Sonntag«, schreibt Rita. Da fehle am Kragen nur noch ein kleines, weißes Viereck, und ich ginge als Pastor durch.

Pastor. Ich. Herr Bischof, das ist ein Zeichen! Und kein gutes!

Und dann kommt die Erpressung: Sie hätte ja, schreibt sie, noch jede Menge Wörter und Wendungen aus dem Eifeler Sprachschatz, die sie mir sehr gern zur Verarbeitung überließe. Aber nur, wenn das Foto getauscht wird. Gegen etwas Freundlicheres, Netteres.

Rita! Gnade! Das da oben *ist* mein nettes Gesicht! Hilfe! Wat mach ich nur? Mal Inge fragen – und die, uff, erbarmt sich meiner, indem sie mir einen Spruch von ihrem Opa überlässt. Wenn der nämlich vom Arzt kam und alles in Ordnung war, rief er: »*Se honn ales innersocht, un et wor ales positiv!*«

Danke, Inge.

Jetzt noch die Tante rumkriegen. Kennt jemand einen guten Fotografen?

Et jit net jerannt.

Ignoranz statt Toleranz

Erinnern Sie sich an unsere allerzweite jemals geschriebene Kolumne? Für die paar Leute, die sie nicht kennen: Das war das Eifeler Toleranzedikt, der weise Satz vom seligen Schmitz Erich zum Thema »unterschiedliche Vorlieben«: dass der eine gern in die Frühmesse gehe und der andere eben lieber Blutwurst, also *Blootwoosch* esse.

Erheblich weiter verbreitet jedoch als Toleranz ist allerdings, gestehen wir es *kühmend* ein, ein anderer menschlicher Zug: die Ignoranz. Wobei all jene zu beneiden sind, die damit wunderbar – und vor allem: bar jeden Selbstzweifels –, durchmarschieren, was immer auch die anderen denken mögen. Mark Twain (Hausgott), hat das besser gesagt: All you need in this life is ignorance and confidence, and then success is sure. Also: Alles, was du in diesem Leben brauchst, sind Ignoranz (oder: Unwissen) und Selbstvertrauen, dann ist dir der Erfolg gewiss.

Mit anderen Worten: Wer sich vom begründeten Selbstzweifel oder dem Wissen um eigene Unfähigkeit bremsen lässt, aus dem wird nichts. Wie schön, für den Betreffenden jedenfalls, ist doch dagegen die Ignoranz – das fröhliche »*mirdochejaaaal*«, mit dem so mancher alles niederwalzt und, nur den eigenen Erfolg im Sinn, es dann auch wirklich schafft, und sei er noch so blöd. Ich wette, Sie kennen auch so jemanden. Na?

Auch diesen Umstand hat der Eifeler schon längst in einen weisen Satz gegossen. Der, seinem pragmatischen Charakter gemäß, eben nur ein wenig abgespeckter rüberkommt als bei unseren verehrten Weltautoren oder Philosophen, nicht ganz so ausgefeilt, wenn auch deshalb umso direkter. Und in dem ein wenig Neid mitklingt, mit dem man auf einen solchen Menschen blickt – weil er, genau, der Ignoranz sei Dank, von keinem Hader sich kujoniert fühlt.

Nämlich: »*Du haset jut. Du bis' dumm.*«

Et jit net jerannt.

Wenn Mark Twain gewusst hätte, dass er ein bisschen aussieht wie Jean Pütz, hätte er sich vielleicht eine andere Frisur zugelegt.

Neues aus der Anstalt*

Wo war ich letztens? Ach ja, ich hatte versprochen, von Anja Bilstein zu erzählen, die, wie sie aus Prümzurlay schreibt (auf kartoffeldruckveredeltem Buntpapier, hach), vor Jahren aus dem Westrich »rübergeplackt« sei – falls ich das richtig entziffert habe. Also immigriert, eingewandert, zugezogen, rübergemacht, hergelaufen. Der Westrich, erklärt sie, »liegt noch hinter Hochwald und Hunsrück« und verfüge ebenfalls über einen großen Schatz an Wortweisheit und Einsicht.

Glaub ich sofort. Und lese beglückt, dass ihr dort weilender, hoch einsichtiger Vater unseren Schlusssatz bereits in seinen Sprachschatz übernommen hat. Wir dehnen uns also nach Süden aus, ein Traum. Sehr lieb auch, dass sie sich dazu entschlossen hat, immer brav mitzuschreiben, wenn in ihrer Kollegenschaft Einheimisch gesprochen wird – sie arbeitet nämlich an »einer Bitburger Lehranstalt gleich neben dem Finanzamt«. Und die gelegentlichen außerdienstlichen Zusammenkünfte seien jedes Mal Sternstunden.

Wie jene, als es um den Maikäfer ging. Der heiße im Westrich »Gollebiebsche« (häh?!?). In Brecht, habe Kollegin Maria Sondag-Thiel beigesteuert, nenne man ihn »Hiemelsderrsche«. Joh, Himmelstier, versteh ich. Schulsekretärin Margret Reinart habe »aus Beberijer Sicht« den »Kërwër-Riekes« ins Spiel gebracht. Sënsationëll!

Nur der Kollege und Schönecker Ortsbürgermeister Matthias Antony habe passen müssen und deshalb seinen »Tellefoun-Jouker« angebimmelt. »Es folgte«, schreibt die Protokollantin, »eine für mich nicht transkribierbare Darstellung des Problems, ein Abschiedsritus, ein Wegklicken der Handyverbindung und die Ankündigung: ›Den Maikäewer bleift!‹« Mit der Ergänzung, dass die männlichen Vertreter des Tiers im Burgflecken »Mieller« genannt würden. Uff! Ist das kompliziert! Weiß einer, wieso?

Frau Bilstein grübelt außerdem darüber nach, »ob das überaus neudeutsche ›eh, chill ma‹, das mir Schüler schon mal entgegenrufen, nicht eine vorübergehende Abart des ›et jit net jerannt‹ ist ...«

Wenn Sie mich fragen: klare Sache.

Schön chillen, Leute.

*In dieser Kolumne fehlt was. Aus nahezu unerklärlichen Gründen wurde nämlich ein Entwurf abgedruckt und nicht der Text, den ich eigentlich vorgesehen hatte (siehe nächste Seite).

Himmel und Kewarick

Toll, Ferien versaut. Schon wieder. Voriges Jahr gab's gar keine Eifelkolumne (obwohl ich brav eine hinterlegt hatte). Und diesmal? Hatte ich wieder tapfer vorgearbeitet, aber Murphy's Gesetz (was schief gehen kann, wird schiefgehen) schlug erneut zu. Ergebnis: Hier stand vorigen Samstag eine Version, in der etwas fehlte. Nämlich die Ergänzung von Maria Sondag-Thiel: Dass eben das »Hiemelsderrsche« in Brecht kein Mai- sondern natürlich – NATÜRLICH!!! - ein Marienkäfer sei.

Und, peng, hatte ich Post: ein böses Elektrobrieflein von Maria Kafthan (auch aus Brecht). Weil – siehe oben. Von diversen weiteren Lesern, weil – siehe oben. Von Willi Fink aus Bettingen, der zudem darauf hinweist, dass in seinem Dorf der Maikäfer »Mäh-Kewarick« heiße.

Danke und pardon. Obwohl ich nichts dafür kann. Sondern ein gewisser Damian S, der mir aus der Chefredaktion die Anweisung erteilt: »Schreib einfach, ich sei schuld. Machen alle so.«

Gut, das wäre geregelt. Zudem gab es weitere lehrreiche Post. Wie von Roland Thelen aus Mehren: »Als Kinder haben wir beim Sammeln und Tauschen der Maikäfer mindestens zwei Sorten unterschieden«, meldet er. »Nämlich den ›Miller‹/Müller und den ›Schneider‹.«

Und Kurt Weiser aus Herforst erinnert sich an seine Jugend, vor rund 65 Jahren in Franken. Damals hätten die Kinder noch weitere (Berufs-) Bezeichnungen für den Käwareck/Kewarick gehabt: »›Kaiser‹ mit besonders langen Fühlern, ›Könige‹, deren Sinnesorgane etwas mickriger waren und ›Bauern‹ mit unterentwickelten Fühlern.« (Falls jetzt jemand einen Witz zum Thema »Bauern und unterentwickelte Sinnesorgane« erwartet – nix da!).

Und auch bei den Frankenkindern habe es die wertvollen ›Müller‹ gegeben, deren Rückenpanzer wie mit Mehl gepudert schien, ergänzt er. »Es würde mich interessieren, ob dies auch aus Eifeler Sicht eine Erklärung für den ›Mieller‹ wäre.«

Mich auch. Aber erstmal interessiert mich, ob's diese Kolumne überhaupt in die Zeitung schafft.

Et jit net jerannt.

Schöner scheitern

So, schnell noch ein weiteres Kolümchen zum Thema »Der Eifeler versucht sich im Hochdeutschen und scheitert auf bezaubernde Weise«. Weil nämlich Eduard Pelzer uns dazu Allerliebstes überlassen hat. Und es wäre gemein, das unter Verschluss zu halten. Zumal er uns aus seinem Herkunftsort Bollendorf berichtet, den wir bisher hier noch nie erwähnt haben. Umso lieber tu ich das heute: Bollendorf. Bollendorf. Und: Bollendorf!

Erst aber: Stadtkyll. Weil Muttern so gern die Geschichte von meinem seligen Großonkel Willy erzählt, der in der Schule mal gefragt wurde, was für ein Tier da im Lehrbuch abgebildet sei (es war eine Ameise, die über einen Arm krabbelte), und der darauf wahrheitsgemäß antwortete: »Eine Sick-Urmes am Arm.« (zur Etymologie von Sick-Urmes, Seech-Ommes u.a. siehe »Die Tierische Volksfront I«)*

Auch Eduard Pelzer, mittlerweile in Irrel daheim und verheiratet, berichtet aus der Lehranstalt – und vom Bemühen der Dötzchen, »die bis zum Schuleintritt nur Platt gesprochen haben« und sich nun das Hochdeutsche anzueignen versuchen.

Zum Beispiel der kleine Horst: Der musste austreten und erhielt die Erlaubnis der Lehrerin (die vermutlich wie alle Lehrerinnen damals »Frollein« hieß), den Abort aufzusuchen. Schon nach wenigen Minuten kam er weinend zurück, das Frollein frug, was denn los sei, und Horst antwortete: »Eich hunn an' Box gemaach!« Wie denn das, wollte die besorgte Pädagogin wissen. Und Horst, auf Hochdeutsch: »Ich hab' die Galgien nicht losbekommen.«

Die Galijen: Hosenträger (bei uns hier oben, wie bereits berichtet, »Hellepen«). Und Eduard schickt uns edelmütig gleich noch ein Beispiel mit, vom Pitterchen, das seiner Lehrerin stolz sein Pausenbrot zeigt: »Frau Lehrerin, Frau Lehrerin, ich hab' eine Schmirre mit Gebeiß«.

So, und jetzt schmieren Sie sich schön das Gebeiß, Gebeiz, die Marmelade oder das Schelee aufs Samstagsbrötchen. Oder Klatschkääs.

Dank nach Irrel und Bollendorf. Aus gegebenem Anlass:

Et gett nett gera(a)nnt!

*Nachzulesen in: *Et jit net jerannt*

Preisen wir Preist

Na, Geschenke schon soweit klar gemacht? Ich hab ja einige bekommen, aus der Leserschaft nämlich, wunderbar. Zum Beispiel die zwei Geschichten von Werner Ludgen aus Olzheim: Seine Mutter Waltraud, in Preist aufgewachsen, habe einmal in der Volksschule einen Aufsatz über das Wort »Album« schreiben müssen. Da sie aber gerade null Lust darauf hatte, verfasste sie, in klassisch Eifeler Kürze, eine Minimalvariante: »Aus dem Bette fiel die *Aal*. Bum!«

Auch schön: Eine Bekannte von Waltraud hatte Besuch bekommen. Als die Dame dialektfrei fragte: »Wo ist deine Mutter?«, kam folgende tapfere Antwort auf, nunja, Hochdeutsch zurück: »Meine Mutter ist obenauf und macht sich nacheinander!« Die direkte Übersetzung also von »*Meng Mam as owenopp un micht sich noennaner!*« Oder, wie man auch hört, »*nonanner*«. Oder »*nonnee*«.

»Ist das nicht herrlich?«, schreibt er. Isses, Werner! Nur sein Schlusssatz »*Et jet net jerocht!*« will mir nicht einleuchten. Erstmal Kippe an, zum Nachdenken.

Zum Beispiel über, siehe oben, Preist. Und Orenhofen, Zemmer, Rodt, Schleidweiler, Daufenbach: Wissen Sie, was das ist? Die Fidei, das Regiönchen zwischen Speicher und Ehrang.

Der Name kommt, so sagen die Gelehrten, von »Vogtei«. Wobei: Schöner als die Herkunft vom Vogt (in dem natürlich der »advocatus« steckt), ist das, was Klaus Otten aus Röhl schreibt: »Auf unserer Seite der Kyll (Röhl, Sülm, Idenheim, Meckel) ackerten die Menschen mit Pferden.« Jenseits des Ufers (Rodt, Scheidweiler, Orenhofen) pflügten sie mit Kühen. Weil sie da kein Geld für Gäule hatten.

Und so habe man das dann »Kohdey« genant. Oder, wenn es zwei Viecher waren, »Vihdey«.

Verstanden? Das Vieh *deut* den Wagen? Vihdey, Fidei - klar, dass ich diese Erklärung zehnmal schöner finde.

Dank! Weiterackern!

Et jit net jerannt.

Eifeler Möhren-Weihnacht

Ich hoffe nicht, dass meine Arbeit an dieser Kolumne umsonst war. Sollten sich nämlich gestern irgendwelche für diesen Tag angekündigten Weltuntergänge abgespielt haben, wäre das blöd, denn dann können Sie das hier ja gar nicht lesen. Wobei es mich natürlich freuen würde, wenn sich irgendwo ein solcher Dialog abspielen würde: *Watt? Die Welt jeht önner? Un watt lese mer dann morje?!?*

Andererseits würde uns ein Weltuntergang vor allem von einer Plage erlösen: den Weltuntergangsverkündern, Apokalypsen-Affen und Katastrophen-Kassandras (aber auch von den Stabreim-Spinnern, die dafür ihre Kolumnen missbrauchen), die sich mit ihren Prophezeiungen wichtig und uns damit Angst machen wollen. Gönnen wir ihnen beides nicht.

Und weil *alt eröm* Weihnachten ist, gönne ich mir lieber ein paar herzenswarme Erinnerungen an das mählich wegbröselnde Jahr und an alle, die hier Ideen, Sprüche und Kommentare beigesteuert haben. Es waren nicht wenige, und ich hab sie alle lieb.

Wie zum Beispiel auch Oma Käddi Junk (die Frau, die mehr Bürgermeister entband als alle anderen) und der herrliche Haufen von 150 Leuten, die letztens bei der Lesung in Meckel dabei waren und/oder mitgeholfen, mitorganisiert, mitgesungen haben. Als alles vorbei war, kam Käddi mir auf dem Treppchen entgegen und sprach grinsend: »*Jetz tranke mer äwwer noch eenen!*« Da wusste ich, dass alles gut war.

Schnell noch was anlassbedingtes: Es begab sich nämlich zu der Zeit, dass mein heutiger Schwager Manfred im zweiten Volksschuljahr war und ein Gebot vom Lehrer ausging, die Geschenke der heiligen drei Könige ans Christkind zu erläutern. Gold, klar, Weihrauch auch. Als aber der Lehrer frug, was es mit der Myrrhe auf sich habe, zeigte Manfred als einziger auf, weil ihn sein Papp Marcel längst darüber aufgeklärt hatte. Und er sprach: »*Dat ös van de Murre der Saft!*«

Frohe Weihnachten. Et jit net jerannt.

Zum Greueln schön

Sie kennen das: Während ein Jahr früher mal zwölf Monate dauerte, scheint es sich heutzutage irgendwie in sechs Wochen zu erledigen - schon ist Weihnachten durch, dann steht der Jahresrückblick in der Zeitung, dann kommen Silvesterquatsch, Neujahrsspringen, Karneval, humbatäterää. Uff!

Dabei wünsche ich mir immer, die Tage zwischen den Jahren könnte man endlos ausdehnen, sich bequem in eine Ecke zurückziehen und in Ruhe noch mal zurückschauen, bevor das Gedön' und Getön' wieder losgeht.

Mit dem extrem verengten und wie immer gehetzten Blick aus unserer kleinen Samstagsecke kann ich aber trotzdem sagen: Es war ... Moment, das lasse ich gleich Norbert Schmitz aus Herforst erklären. Vorher meldet sich aus Neuerburg noch Willi Hermes und schiebt eine prima Geschichte zu den Hosenträgern, den Galijen oder Hellepen also, hinterher.

Willi Hermes war – die Neuerburger wissen's – unter anderem Schul- und Bürgermeister und noch so einiges mehr. Einer seiner früheren Schüler, so schreibt er, sei in Neuerburg einmal zu spät zum Unterricht erschienen – erst eine halbe Stunde nach Schulbeginn habe Helmut an die Klassentür geklopft und sei verschüchtert eingetreten. Was ihn denn aufgehalten habe, wollte die Lehrerin wissen. Die gestammelte Antwort: »Ja, ich ... als ich zu Hause aus der Tür rausgehen wollte, ist mir der *Galgen gefreckt*.«

Schön, wa? Und wieder ein Beispiel für die weiterhin so erfreulich zugewandte Leserschaft, die unsere Kolumnenarbeit übers Jahr heilsam unterstützt hat.

Und deshalb hat eben auch Norbert Schmitz hier das Schlusswort – mit seiner Herforster Steigerung des Begriffs »schön«: 1. (Grundform, Fachbegriff: Positiv) Et woar *sching*. 2. (Komparativ) Et hätt net *schinger* seen kinnen. 3. (Superlativ) Et woar – *greilich sching!*

Greilich schingen Dank! Und Feierabend, bevor mir die Neuerburger noch nachrufen: »*Hen hot en Schlaach mat da Wichsbiescht kriescht.*«

Et jit net jerannt.

Sag mir, wo die Üemen sind

Genau so war's damals!«, schreibt uns Ludwig Palzer aus Heckhuscheid. »Diese stillen Beobachter, die mehr oder weniger Durchblick für das Haus- oder Hofgeschehen hatten, saßen nun mal hinter dem Ofen und ..., ja, beobachteten und kommentierten zur rechten Zeit.«

Er meint natürlich den Üem, Ühm, Iehm, Oheim, Ohm - also einen Onkel. Manchmal war's auch einfach nur ein älterer, mit der Familie gut bekannter Herr (weibliches Pendant: Muhme – beide waren ursprünglich Geschwister der Mutter, hab ich ja schon mal erklärt). Ohm und Ofen gehörten dabei zusammen wie Pech und Schwefel, wie Euro und Krise, wie Sack und Zement - wie vor ein paar Wochen ja auch in der Erzählung von Traudenpitter (siehe »Neues von der Wörterfront«).

Aber: Sitzen bei Ihnen noch welche am Ofen rum? Öfen sind ja wieder modern, Üemen aber nicht. Irgendwie sind die alle weg.

Einen hab ich aber noch: von Margit Brandt-Leuwer aus Stadtkyll (mit edler Abstammung aus Auw). Und das war »vor vielen, vielen Jahren in Kobscheid in einer Familie mit heiratsfähigen und vor allem heiratswilligen Töchtern. Wie damals oft üblich, lebte im Haushalt auch noch ein unverheirateter Onkel, genannt Ühjm Pitter.«

Eines Tages habe sich dann ein Freier (und Margit sagt zu recht, das sei damals noch »ein ganz ehrenwerter Begriff« gewesen) vorgestellt. Und da »wollten die Mädels natürlich nur den besten Eindruck hinterlassen«, nicht zuletzt durch einen blitzblanken Haushalt. Dann der Schreck: Das eigentlich blütenweiße Handtuch neben dem Spülstein (Spülsteine gibt's auch nicht mehr, jedenfalls bis zur nächsten Retro-Welle) hatte schwarze Fingerabdrücke. Um die Situation zu retten, beschuldigte eins der Mädels entrüstet den Ühjm, »dat Souledder«. Prompt kam von ofenwärts die Antwort: Er, Pitter, könne das kaum gewesen sein, *»esch wääsche mesch en janz Woch net.«*

Sauber! Aber die Üemen ... wo sind sie hin?

Prost Neujahr.

Et jit net jerannt.

Es gibt noch Barmherzigkeit

Ja, Leser, es gibt noch Menschen guten Herzens und reiner Seele. Ihr alle, klar, wer sonst. Und die Tante von Kollegin Inge, die ich offiziell Tante von Inge nennen soll. Also die Tante. Nicht Inge. Inge darf ich Inge nennen. Die, also die Tante, hatte mir ja vor zwei Monaten (siehe: »Der Leser macht Druck«) Druck gemacht, weil hier oben das Foto dieses schäbigen Typen zu sehen ist.

Sie verlangte, das Konterfei durch etwas Ansehnlicheres zu ersetzen, ein nettes Lächelfoto, weil sonst von ihr keine Post mehr komme, die ich für unsere Samstagsspalte verwenden darf.

Wie oben zu sehen: Der fiese Möpp ist immer noch da. Aber die Tante von Inge hat sich nicht lumpen lassen: Obwohl beim Volksfreund keiner sich erbarmte, ein »schönes«, höhö, Foto von mir zu machen, schrieb sie doch noch mal. Und schickte, zur Nachhilfe, ein Bild, auf dem einer sich durch den Versuch, »seine Mundwinkel in Richtung Ohren zu verbreitern«, zum Lächeln bringen will (da hab ich dann doch gegrinst. Leider war keiner dabei, um ein Foto zu machen, hehe).

Das Schönste an dem Brief ist aber die, wie die Tante schreibt, »Frittenstory«, und zwar »mit ausdrücklicher Erlaubnis meiner Enkelin Isabell«.

Und Isabellchen war schon mit vier Jahren keine, die sich betuppen lässt. Zum Beispiel bei den Fritten: Die Enkelin kam eines Tages aus dem Kindergarten nach Hause, wo man den Kleinen versucht hatte beizubringen, wie man Pommes herstellt. Isabell aber ging den Erzieherinnen nicht auf den Leim, die den Kindern demonstriert hatten, dass man dazu doch tatsächlich Kartoff... pardon: Krumpern zurechtschneidet und dann ins Fett schmeißt. Kommentar: *»Oma, ejch essen doch keen Fritten, wo Krumpan dran senn!«*

Genau. In Fritten dürfen nämlich nur Fritten drin sein. Gutes Kind. Letztes Wort von Inges Tante: »Wir bleiben in schriftlicher Verbindung.« Juhu!

Et jit net jerannt.

Nüsslein, Nüsslein

Unser heutiger Serviervorschlag: Schalenfrucht. Speziell: die Nuss (siehe auch: *sciurus vculgaris* sowie: *Nekloosgeschier*). Die Nuss also, die ja nicht nur unser offizielles Wappentier (eben, Eichhorn) nährt, sondern auch des Menschen Herz und Kreislauf, wie man inzwischen weiß, positiv beeinflusst.

»Positiv beeinflusst?« Pardon. Nüsse sind *»jut für et Hächz«*. Sagt die Wissenschaft. Zumindest, bis sie eines Tages dann doch wieder das Gegenteil herausfindet.

Nüsse also. Weil: Wir erhielten nämlich ein Bittschreiben aus Aach (diese einsilbigen Orstnamen mit zwei Vokalen, zum Beispiel auch Oos – toll!), von Waltraud Riegel. Sie muss was wissen, sagt sie, und wir seien ihre letzte Hoffnung. Gern, Frau Riegel, da gucken wir mal.

Es geht ihr um die Erdmandeln oder Erdkastanien: Die, so schreibt sie, »wachsen wild, ähnlich wie Kartoffeln bilden sie Knollen, nur kleiner, ihre Blüten gleichen denen der Kümmelpflanze.« Und Waltrauds Vater habe sie unter dem Namen *Herkelterness* gekannt.

Wo aber, will Waltraud wissen, kommt dieser Ausdruck her? Meine erste Spur: Das »ness« in »Herkelterness« steht für, siehe oben, Nüsse. Herkelter? Hm. Wer weiß mehr?

Da machen wir uns mal Gedanken – und Waltraud und ich würden uns sehr über Hinweise zur Herkunft freuen.

Noch was richtig Tolles zum Thema Nüsse - und vor allem: zur rühmenswert realistischen Weltbetrachtung des Eifelers - hat vorige Woche Helmut Simonis aus Jünkerath geschickt: Eine Kindheits-Erinnerung an seine verstorbene Mutter. Ich zitiere gern, begeistert und im Original: »Situation: Hochzeit,

Braut in weiß, katholische Kirche, großes Publikum. Braut: strahlendes Lächeln. Aussage meiner Mutter: *Der werden de Nöss och noch falle.*«

Feierabend. Sonst krieg ich hier noch was auf die Nuss.

Et jit net jerannt.

Merci villmols für 50 Jahre

Wir hatten zehn tolle Tage an der Normandieküste verbracht, obwohl da anfangs Muffensausen mitspielte: Als Deutsche nach Frankreich fahren, genau dort hin, wo sich 1944 die entscheidende Wende abzuzeichnen begann? Und was hatten wir erlebt? Nur nette Franzosen. Wie an dem Abend, als wir die ersten Gäste in einem gerade eröffneten Restaurant waren. Wir erzählten, wo wir herkamen, der Chef strahlte: »Ich war in Trier stationiert!« Dann kam der Calvados auf den Tisch.

Auf dem Rückweg hängten wir noch zwei Tage in der Nähe von Evreux dran. Und durften in einem Schloss übernachten (eine lange Geschichte). Und immer wieder, spätestens beim nächsten Getränk, rief einer: »Für Europa!« Das war lächelnd vorgetragen, aber ernst gemeint, denn wir alle, die vielen Franzosen und die zwei Deutschen, hatten die Vergangenheit nicht vergessen. Jahre später bauten mein Papa und der französische Schlossbesitzerpapa im Garten einen Steg und nannten ihn feierlich »Pont de l'Europe«.

Weiter ging's in Richtung Heimat. Das Auto machte ein Geräusch. Und dann kamen wir so richtig in die, wie man auf Eifelfranzösisch sagt: *Bredullisch*. In Longwy, kurz vor Luxemburg, gab die Kiste ihren Geist auf.

Ein Franzose hielt an, Alain hieß er, und nahm uns - *les Misérables* - mit nach Hause: »Das«, sagte er zu seiner Frau Francine, »sind Brigitte und Fritz. Die schlafen heute hier.« Und wieder: »Alles für Europa!« Am Ende: trunkenes Gesinge. Tags darauf besorgten sie einen Abschleppwagen und spedierten uns in die Werkstatt. Seitdem weiß ich, was »Wasserpumpe« auf Französisch heißt (falls Sie's mal brauchen: la pompe à eau).

In Berlin hat man gerade den Élysée-Vertrag gefeiert. Und ich genehmige mir einen auf die Franzosen, die ich kenne. *Santé!*

Et jit net jerannt.

Die Nothelfer vom Schwarzen Mann

Da kann man mal sehen: Beim letzten Mal berichtete ich vom Malheur mit der Voiture, Chaise – also: Schees - in Frankreich, und was passiert? Wieder Autostress: Mir friert die Handbremse fest. Weil ich stundenlang am Schwarzen Mann *schnaddernd* vor *Kält* ausgeharrt habe, um ein Foto von den Arbeiten auf dem Funkturm zu machen.

Et woar neist Gewärmtes, seufzt der Südeifeler. Als ich endlich das Bild geschossen hatte, wollte ich los, um meine Beute zurück in die Redaktion zu tragen. Einsteigen, Tür zu, starten und ...grrrnngkkkch! Man hofft ja dann immer, dass sich das Ding nach ein paar Metern doch noch löst, aber hier war nichts zu machen. Mit blockierenden und immer mehr qualmenden, pardon: *dämpenden* Hinterrädern schaffte ich es gerade zum Wintersportgebiet und rumpelte auf den Parkplatz vor dem Blockhaus. Wat nu?

Auftritt Johannes Gillenkirch und Horst Meier – die beiden halten da oben vom Lift bis zum Pistenbulli alles in Schuss. Und, obwohl mir an Jahren ein Stück voraus, legten sie zügig los: Wagen aufbocken, Reifen losmachen, kloppen, ziehen, sprühen, dengeln, beruhigend auf den Fahrzeughalter einreden – und flupp: Beide Räder drehten sich wieder. Ich stand nur, verfroren und mit diversen Extremitäten unkontrolliert wibbelnd, daneben.

Und vor allem hatte ich die *Besseren*. Das klingt für Eifelfremde jetzt ein wenig hochtrabend, bedeutet aber was ganz anderes: Die *Besseren, Beeßeren, Beßern* oder so ähnlich hat man nämlich vor allem in den Fingern. Wenn's so richtig kalt ist. Und beißt. Und man sich fast *der Freckert* holt.

Ich aber kam nochmal davon – dank der guten Geister vom Schwarzen Mann. Beschämt und beglückt zwang ich ihnen meine sensationelle Gesamtbarschaft von 12.30 Euro auf – und ihr Chef Georg Geimer spendierte mir, dem Mittellosen, noch schnell einen wärmenden Kaffee. Schön.

Et jit net jerannt.

Stüppchesweise studieren

Thema heute: bescheuerte Wortneuschöpfungen. Mein lieber Volksfreund Harald Jansen berichtete nämlich letztens über die jungen Leute, die ein Studium mit Bachelor-Abschluss (siehe »Diagnose: Laberitis«) absolviert und zugleich den Facharbeiterbrief erworben haben.

Das ist natürlich eine tolle Sache, zu der man den tapferen Doppel-Lernern gratulieren muss. Aber wie nennt man die Absolventen? Falls Sie den Bericht nicht gelesen haben, man nennt sie: Azudenten. Klingt das nicht doof? Und so ein bisschen nach Astrologie? »Ich bin Tischler mit Azudent Möbelschreiner.« Und wie nennt man dann die Professoren von denen? »Aduzenten«?

Das Wort ist, um im Schreinereizusammenhang zu bleiben, zusammengenagelt aus dem ohnehin schon schlimmen Ersatzbegriff für Lehrling - »Auszubildender« oder, hrrmpf, Azubi und, klar, Student. Dabei, wissen wir ja, sagt man doch gar nicht mehr Studenten. Sondern politisch korrekt: »Studierende«. Also müssten die jungen Leute eigentlich »Azudierende« heißen, was aber noch beknackter klingt. Und der korrekte Eifeler Begriff für den Lehrling ist ja sowieso: Stift.

Deshalb, liebe Azudentenverantwortliche, biete ich euch ein schöneres Wort an: Studierlinge. Na? Wäre doch fein, wenn ihr euch darauf einlasst.

Apropos Wörter, die man nicht braucht – weil es viel schönere gibt: Da kam wieder Post von Doris Schöppner aus Hillesheim zum Thema Wärmegewinnung im Heim. Und das schrieb sie: »Wir heizen im Hillesheimer Land nicht mit Anglizismen.« Gemeint sind: Pellets – diese kleinen Möppel für den Ofen. Pellets? Nix da: Stattdessen verfüge man dort inzwischen über etwas viel besseres und zudem Eifel-eigenes. Nämlich, sagt Doris, eine »Holzstüppchesheizung - schön nicht?« Und wie, Doris!

Et jit net jerannt.

Verpitterung im Intenret

Völlig verdreht: Wenn ich »arbeiten« schreiben will, kommt immer »abreiten« raus. Aus »Internet« wird »Intenret«. Diese Verpitter – Verzeihung: Vertipper - passieren andauernd, und dann kommen ja auch noch die Wörter dazu, die man versehentlich mit zwei GRoßbuchstaben am Anfang schreibt. GRrr!

Dabei war ich vor Jahren mal so stolz darauf, ganze Seiten vollhacken zu können, ohne mich dabei auch nur einmal zu verhauen. Vorbei! Perdü! Elredigt (da! wieder!)!

Zum Glück bin ich nicht allein mit diesem Leiden, auch Jungkollege Christian Brunker ist davon befallen. Letztens erfand er den »Ersatz*strand*ort«. Ja, da will man doch hin ...

Gelegentlich vergleichen wir unsere Lieblingsvertipper. Ganz vorn dabei: dehsalb und bilsang. Dehsalb legen wir uns bilsang auch immer brav unsere Artikel vor, wenn sie frisch geschrieben sind. Damit wir die Fehler noch schnell berichtigen können, bevor sie in die Öffentlichkeit geschickt werden.

Da sind immer wieder sehr schöne Sachen dabei, dehs ... äh, deshalb wollte ich Ihnen das auch mal erzählen: So taucht bei uns in der Kommunalberichterstattung gelegentlich die Haushalts- oder Finanzalge auf. Beklagenswertes Wesen! Oder wir erfinden ganz neue Eifelgemeinden: Belialf - klingt richtig poetisch, oder? Ich verlege manches Ereignis in eine Stadt namens Pürm, gerate nach Winterpselt, nach Hilsesheim und nach Jünerkath.

Der schlimmste von allen passierte mir vor ein paar Jahren – und wäre beinah so ins Intenret, nein, Internet, ach was: Internetz geraten, wenn nicht eine aufmerksame Kollegin in der online-Redaktion mich gefragt hätte, ob das Wort wirklich so gemeint sei, wie es da stand. Es ging um eine Polizeimeldung. Ich hatte geschrieben: »Nach Angaben der Polizei« ... dachte ich aber nur. Da stand nämlich: »Nach Analgaben« der Polizei. Damit, aua, hätte ich mich bestimmt nicht, öh, popolär gemacht.

Und dehsalb, auch beim Tippen:

Et jit net jerannt.

Derb, deftig, doof

Das war ja zu erwarten: Nach dem »politischen Aschermittwoch« unserer Parteien kam hinterher wieder keine Zeitung in ihrer Berichterstattung ohne die Begriffe »derb« und »deftig« aus, um das rhetorische Elend zu beschreiben. Buah. Immer dieselben Wörter für immer denselben ranzigen *Käu*. Mit anderen Worten: Schnarch.

Der Eifeler kann das besser. Derb und zugleich lustig sein, meine ich. Das gilt auch für Ex-Eifeler - wie Stephan Häb, der aus Köln schrieb, wo er seit 30 Jahren lebt. Und der uns was sehr Schönes schenkt - aus dem Altkreis Daun (genauer wollen wir es lieber mal nicht lokalisieren).

Der Satz, sagt Herr Häb, drücke die mittlerweile gewonnene Einsicht einer Mutter aus, »dass die Erziehung zur sexuellen Anständigkeit und Abstinenz nicht von Erfolg gekrönt war und die Blamage eingetreten ist, die vermieden werden sollte.« Nämlich: schwanger. In den Worten der geplagten Mutter: *»Anner Mädjer louter, ohs Inge ees, nou dä.«* Konsequenz: überstürzte Hochzeit. Zugleich schwinge in dem Seufzer aber auch eine versteckte Bewunderung für die »anner Mädjer« mit – dass die das so oft folgenlos hinbekommen haben.

Das Beste daran ist natürlich das alles zusammenfassende: »*nou dä*«. Dank nach Köln!

Apropos Hochzeit, da haben wir noch was: Von Franziska Steffen-Pitzen aus Kirchweiler, fast 80 Jahre alt (Zitat: »*Do stohn esch dazo!*«). Sie (danke!) bringt die etwas deftigere Variante mit ein. Nur eben in lustig: »Hochzeit im Dorf, der Bräutigam hatte, bevor es in die Kirche ging, noch ein Pfeifchen geraucht.« Pief gelöscht, rein in die Hosentasche, rauf zum

Altar. Während der Zeremonie aber entsteigt ein Rauchwölkchen der Bräutigamshose und tänzelt himmelwärts.

Was eine reifere Dame in den hinteren Kirchenbänken zu folgendem Satz verleitet: »*Mir wore freher och warm. Äwwer jedämpt hammer net.*«

Großartig. Bleiben Sie auf Temperatur!

Et jit net jerannt.

(Übersetzungshilfe: louter –andauernd, ees – einmal)

Qualitäts-Krankheiten

Die best Kränkt«, sagt der Eifeler, »is nix wert«. Vermutlich ist deshalb auch diese Kolumne nix wert, weil ich sie noch unter starkem Einfluss meiner aktuellen, genau, *Kränkt*, schreibe. Wie wahrscheinlich drei Viertel von euch auch – und zwei Drittel meiner Kollegen - hatte ich die Grippe. Zu der sich dann noch eine knackige Lungenentzün ... aber was soll ich Sie damit langweilen.

Da langweile ich Sie doch lieber mit dem, was ich in diesen zwei Wochen tun musste. Weil: Lesen war nicht drin. Dabei bin ich immer für auch längere Malaisen gerüstet, was den Notfall-Schmökerstoff betrifft. Nur diesmal war ich dazu nicht in der Lage. Drei Sätze gelesen, schon verschwimmt alles.

Also sieht man fern. Bei mir geht, im Krankheitsfall, eigentlich nur »irgendwas mit Landschaften«. Aber im Fernsehen ist ja nichts ohne Kommentar zu haben. Und wenn man so richtig krank ist, gehen einem dann eines Tages sogar die Stimmen der Kommentatoren auf die Nerven (zumal es davon nur höchstens drei im deutschen Fernsehen zu geben scheint. Die brummeln alles mit ihren auf donnernde Dramatik getrimmten Stimmen weg, von Terra X bis äh, Terra Y).

Das ist dann aber immer noch besser als amerikanische Fernsehserien aus den 1980ern, in denen alles so braun möbliert, gefönt und gestrichen ist. Ich sage nur als Beispiel: Hart aber herzlich. Nein, davon wirst du nicht gesund. Und auch nicht von Raumschiff Enterprise. Die alten Originalfolgen sind ja noch viel grauenvoller, als ich sie in Erinnerung hatte. Dieser Tage musste Captain Kirk einmal gegen so ein Froschmonster ... ach, vergessen wir's.

Dann doch lieber noch mal zu den Krankheiten. Der Eifeler, das berichtet uns Bernd Rehles (danke!), kennt nämlich nur zwei. Das ist übersichtlich und lobenswert. Beispiel von Bernds Arbeitsplatz: Ein Mitarbeiter hatte sich soeben krankgemeldet. Eine Kollegin fragte nach: »*Wat hät dä da? De Plooch oder der Freckert?*«

Zurück in die Heia.

Et jit net jerannt.

Frauen, Voodoo, Freckert

So, es ist Freitagvormittag, elf Uhr, und es gibt noch keine Kolumne. Nix, null, nada. Was tun? Hm (macht sich einen Kaffee). Zwanzig nach elf. Immer noch nix.

Was leider auch daran liegt, dass mein Voodoo-Versuch nicht funktioniert hat. Motto: Wenn ich in der Kolumne erwähne, dass ich krank bin, dann hat sich das mit dem Kranksein schnell erledigt. Sie erinnern sich? Vorigen Samstag? Ergebnis: viele gute Wünsche aus der Leserschaft (danke!). Trotzdem: immer noch schlapp. Und Kollege Brunker liegt jetzt auch flach (gute Besserung von hier aus. Schön liegen bleiben, klar?).

Alle, auch ich, sagen ja immer, man solle das bloooß richtig auskurieren. Nur: Wie denn? In Wirklichkeit, nicht wahr, ist einem da doch immer die Wirklichkeit im Weg und macht Stress. Ja, sich erholen, wunderbar. Nur ist leider hier in der Redaktion eine doppelte Sedisvakanz nicht vorgesehen, *Freckert* hin, *Plooch* her.

Apropos: Die Plooch, die Plage, Magendarmdingens also. Hatte ja dieser Tage auch die Queen. Das ist der Nachteil, wenn man Königin ist: Kaum muss man mal reihern oder hat Durchfallera, kommt's weltweit lang und breit in allen Nachrichten.

Wir Normalos schleppen uns währenddessen schlapp und unbemerkt zur Arbeit und bemannen Schreibtisch und Telefon. Bis es dann wahrscheinlich irgendwann heißt: Du hast da was ... verschleppt, genau.

11.32 Uhr. Alles eiert im Kreis herum, vor allem die Gedanken. Was tun? Huch, schon Nachmittag. Da fällt mir der Dialog von ganz früh am Morgen ein: »Ach, heute ist ja Weltfrauentag«, sagt die Frau, die mir ... nunja, die Welt ist. Ich: »Joh. Und welche Konsequenzen hat das für mich?« Antwort: »Du machst heute mal alles, was ich sonst mache.«

Prompt musste ich mich wieder hinlegen. Das wär dann doch zu viel gewesen.

Et jit net jerannt.

Habemus Papeieren

Hallo?!? Jemand da? Ee---chooo...ooo...ooo! Ich habe nämlich den Eindruck, dass diesmal tatsächlich alle flachliegen. Und dass das mit der Influenz, wie mit dem Schnee, gar nicht mehr aufhören will. Meine Güte! Als ich - und Sie vermutlich auch - krank wurde, da hieß, nur mal zum Beispiel jetzt, der Papst noch Ratzinger! So lange ist das her!

Tut mir leid, Leser, ich strapaziere eure Geduld mit dem Thema, aber ich weiß um euer verzeihendes Verständnis. Weil mir zudem in den wenigen Gesprächen, die ich während dieser Zweipäpstegrippe mit der Außenwelt geführt habe, klar wurde: Du bist nicht allein.

Denn fast jeder war entweder selber massiv krank oder kennt einen, der es war oder eben immer noch ist. Eines der Symptome: Schlappheit und Schwindelgefühl. Als habe man einen Dilldopp im Köppchen. Als stehe man immer so kurz vor der Ohnmacht. Im schlimmsten Fall steht man dann nicht mehr kurz davor, sondern fällt mitten hinein. Der Eifeler hat für den Moment, wo einem schwarz vor Augen wird, eine Wendung, die das genau auf den Punkt bringt: Man sei, heißt es dann, *»op nüüst/neist jeroode«*. Also »auf nichts geraten«. Perfekt.

Perfekt auch die Post, juhu, von Bormesmanfred aus Biersdorf – über seinen Wanderkumpel Norbert: Diesen habe es einst aus »einem Hochdeutsch sprechenden Gebiet« in die Eifel verschlagen. Als Busfahrer verdingte er sich in Bitburg und bekam gleich eine Tour nach Bayern zugeteilt. Er müsse nur noch, so hieß es, zum Personalbüro, die *»Papeieren«* abholen, bevor er starten dürfe. Die notwendigen Dokumente also (zweite Bedeutung: rausgeworfen werden). Und was verstand Norbert? Genau: Er müsse, siehe Reiseziel, ein »paar Bayern« abholen. Die er dann aber nirgends finden konnte. Klasse.

So. Erholen Sie sich alle – und lassen Sie sich bloß von keinem die *Papeieren* geben!

Et jit net jerannt.

Eier und Kartoffeln

Ich weiß: Die meisten lauern auf den Lenz nach diesen harten Tagen, sie gieren nach dem Grün des Frühlings, nach farbensatter Flur und fröhlich sprießendem Gepränge. Der Winter, er war lang und stramm, und doch – auch ohne das jetzt an die große Osterglocke zu hängen: Er ist noch nicht vorbei.

Vom Eise zwar, doch längst noch nicht von Salz und *Knies* befreit sind Fahrgestell und Bremsbelag. Manch Schlagloch wird uns noch begleiten. Und auf den Wiesen hält sich zäh: der letzte Schnee.

Im Ernst, Leser: Ich finde das schön. Diese Zeit des Übergangs, der längst nicht klaren Verhältnisse ... toll, wie sich Weiß und Grün auf unseren Feldern abwechseln. Wie schraffiert sieht unsere Landschaft aus. Ist das nicht – Kunst? Doch!

So, der Anlass meiner Vorrede sind aber zwei Briefe von Karin Knötgen (siehe: Irma Knötgen bzw. *Heirotsgeschier*) aus Daun und von »Mielisch Pit«, also Peter Wagner von der Irreler Mühle (siehe: *Neklosgeschier*), die mir, zeitlich passend, mehrere traumschöne Schreibanlässe liefern (lieben Dank!).

»Der Eifeler an sich«, schreibt Karin, »kann ja sehr charmant sein.« Und sendet gleich zwei allerliebste Beispiele. Wie von dem Gast auf ihrem 50. Geburtstag, der das Fest mit dem Satz kommentierte, sie, Karin, habe ja nun auch *»alt de meest Kromperen jääs«*. Ja, charmant. Genau so wie auch der Hinweis, man sei offensichtlich *»joot durch de Winter kunn«*. Schon will man wieder fasten!

Peter Wagner wiederum, da ja bald Ostern ist, serviert auch was Passendes: Von dem kleinen Jungen nämlich, der gerade mitkriegt, wie ein Hahn auf die Henne *»klemmt«* und wissen will, was der da mache. Antwort des Vaters: »*Den stempelt de Aier!*« Und, herrlich, von dem Dorfladen, den er einmal in der Eifel sah – und dem Schild im Schaufenster: »Frisch gelegte Bauerneier!«

Die will man doch sehen! Gibt's die auch in bunt?

Et jit net jerannt.

Spiel mir das Lied von ... Roth

Auw, Auw, Auw!«, schrie der ertappte Einbrecher, humpelte durchs Zemmer und wurde ganz Roth, weil bereits Blut zu Fließem begann. »Und wenn du die Mützenich ausziehst«, rief der Wachmann, »werd ich dir noch eine Scheuern, dann krichste noch nen Hallschlag ins Mauel! Oder auf den Kopp! Und nen Satz heiße Ouren! Denn in dieser Hütten bin ich das Gesotz! Gees du jetzt mit zur Polizei? Usch-Usch, sonst biste Reiff!«

Gemein, oder? Sogar: ortsgemein! Und glaube mir, Leser, ich bin ein Gegner jeglicher Brutalität, Drangsal und Unterdrückung, ob seelisch oder Körperich. Zudem: Welschbillig' Versuch, mit Gewalt ein paar Eifeler Dorfnamen unterzubringen und sich so eine Kolumne zusammenzulügen! Nur weil sie so bezaubernd klingen. Ganz schön Dreis! Mit solchem spekulativen Geschreibe kann der Verfasser fies Badem gehen. Sinzenich auch dieser Meinung?

Egal aber, auch wenn man mir Loogh und Trug vorhält. Eventuelle Kritik aus irgendeinem Katzwinkel muss uns nicht Jucken, das sind doch alles nur Harspeltereien. Mückeln, die von ewig pampigen Spielverderbern zu Elefanten aufgeblasen werden. Irrhausen sie in ihren verdüsterten Hirnkasten und grummeln vor sich hin.

Aber Daleiden nur geistig Fimschige drunter und lassen sich ins Ehlenz stürzen. Ernzen Konsequenzen sehe ich mich ohnehin nicht ausgesetzt, auch wenn mich gewiss niemand dafür Preist. Es ist nur Spaß. Falls einer mir das aber vor Wirft, sage ich Ihnen Glaadt: Sie sind doch Pelm-Pelm.

Jetzt mach ich aber Schluss, bevor ich mir einen Bruch schreibe, suche mir Schutz und Gehöschnis, schnapp mir einen Feuerscheid und zünde den Ofen an. Drinnen oder draußen, im Hargarten. Unter den Ulmen, die im Eckfeld stehen. Oder dem Nusbaum. Mit meinem Lasel-Schwert aus »Krieg der Eifelsterne«. Schladt Sie ein, es mir gleich zu tun, Leser.

Herzlichen Dankerath.

Et jit net jerannt.

Falls ich richtig gezählt habe: 43 Ortsnamen! Sogar 45 – es gibt zwei Auw in der Eifel und zwei Roth.

Meisterlich abhängen

Abhängen können ist schön. Abhängig sein ist schlimm. Wenn Sie auf jemanden dringend angewiesen sind, der sich aber als (...darf ich nicht schreiben) herausstellt. Ein Beispiel? Als wir vor Jahren das Projekt »Eigenimmobilie« begonnen hatten, musste ein total wichtiger Anschluss gelegt werden. Sonst wär's nämlich beim Bau unserer Bude nicht weitergegangen. Diese Arbeit übernehmen Menschen, die im Auftrag eines hier nicht näher zu eRWähnEnden Konzerns durch die Gegend fahren und solcherlei Tätigkeiten verrichten.

Unser Mann machte den Dicken. Und schnauzte mich die ganze Zeit an, weil ich die Stelle, die für seine Anschlussarbeit vorgesehen war, nicht richtig vorbereitet hätte. Und er nannte mich, das war das Schlimmste, die ganze Zeit »Meister«. »So geht das aber nicht, *Meister*! Da fahr ich gleich wieder, *Meister*!« Er hatte einen verhuschten Handlanger dabei, dem er vermutlich vorher erzählt hatte: Jetzt pass mal auf, wie man mit den Deppen umspringt. Die sind nämlich von uns abhängig, hehe.

Und ich Depp musste die ganze Zeit brav bleiben, weil er dauernd damit drohte, wieder abzurauschen, denn soooo könne er natürlich nicht arbeiten, »*Meister*«, und bla und bla und bla. Wenn wir nicht von seiner meisterlichen Arbeit abhängig gewesen wären, dann hätte ich ... aber egal. Ich hielt die Schnauze, er legte – problemlos übrigens – seinen Anschluss und machte sich, maulend, davon.

Wie schön, dass uns Alois Groß aus der Leudersdorfer Ecke ein paar Wörter schenkt, mit denen man solche Gestalten titulieren kann, wenn auch diesmal nur, naja: im

Anschluss. Am besten passt hier: »en Huhsecker« (oder Huhseecher. Also einer, der besonders hoch pi ... Sie verstehen).

»Vielleicht können Sie's gebrauchen«, schreibt Alois Groß. Kann ich, Herr Groß. Spätestens, wenn ich wieder einen Anschluss brauche und stattdessen einen Anschiss kriege. Danke!

Und für alle Huhsecker:

Et jit net jerannt, *Meester!*

von uns abhängig, hehe.

Und ich Depp musste die ganze Zeit brav bleiben, weil er dauernd damit drohte, wieder abzurauschen, denn soooo könne er natürlich nicht arbeiten, „Meister", und bla und bla und bla.

Wenn wir nicht von seiner meisterlichen Arbeit abhängig gewesen wären, dann hätte ich ... aber egal. Ich hielt die Schnauze, er legte – problemlos übrigens – seinen Anschluss und machte sich, maulend, davon.

Wie schön, dass uns Alois Groß aus der Leudersdorfer Ecke ein paar Wörter schenkt, mit denen man solche Gestalten titulieren kann, wenn auch diesmal nur, naja: im Anschluss. Am besten passt hier: „en Huhsecker" (oder Huhseecher. Also einer, der besonders hoch pi ... Sie verstehen).

„Vielleicht können Sie's gebrauchen", schreibt Alois Groß. Kann ich, Herr Groß.

Spätestens, wenn ich wieder einen Anschluss brauche und stattdessen einen Anschiss kriege. Danke! Und für alle Huhsecker:

Et jit net jerannt, Meester!

Videos, die Sie auch interessie

Literaturkolumne
Viezjupp
Pitter
Wilbert
Paula
Liss
Laufkolumne
Auslese
Luxemburg
Mehrwert
Moien
Kulturwoche
Film ab! Die Kinokolumne
Auszeit

ClickMe
Studi Safari
Campus Club
Retro XXL

Als diese Kolumne beim Volksfreund im Internet stand, erhielt ich Post aus Blankenheim: Eine E-Mail von Eddi Meier (toller Fotograf) mit einem Bildschirmfoto. Darauf zu sehen: die Kolumne und darunter eine Anzeige des darin erwähnten Energiekonzerns, der den Lesern mitteilt, gerade einen Servicepreis gewonnen zu haben. Herzlichen Glückwunsch!

Auch der Duc tut's höennen raus

Und zack, hier gleich noch einen hinterhergeschoben, ebenfalls von Alois Groß (Dank auch dafür), wo wir es doch vorige Woche mit Leuten zu tun hatten, die sich großkotzig betragen (der Eifeler sagt betragen. Das find ich auch viel schöner als »benehmen«. Zumal er statt »benehmen« sowieso eher »beholen« sagen würde). Also, Alois, bitteschön: »Über Vornehmtuer und die bessere Gesellschaft«, schreibt er, »hört man zuweilen: *Die dohn och all dr Möess höennen erüss.*« Auf Eifelhochdeutsch: Die tun auch alle den Mist hinten (e)raus.

Eben!

Ach, bleiben wir doch gleich beim Thema. Weil doch auch Peter Wagner – Mielisch Pit – aus Irrel uns noch eine herrliche Geschichte sandte. Die sich zwar im Großherzogtum abgespielt haben soll, trotzdem aber – und weil wir ja sowieso international sind – wunderbar hier hin passt.

Und weil sie außerdem noch eines meiner Steckenpferdchen streift, nämlich das der Hierarchien, die es, verdammt, zu ignorieren gilt, wo man nur kann. Keiner ist nämlich besser oder wichtiger als Sie, Leser. Oder Sie. Oder ich.

Also, ich zitiere: »Bei der Armee war der junge Rekrut Josy erkrankt«, schreibt Peter. Ein paar Tage lag der Arme flach. Als Josy dann nach seiner Genesung wieder zum Appell erschien, fragte ihn der Sergeant, woran er denn gelitten habe. Antwort: »Esch hat eng Diarrhö.«

Dass allerdings ließ ihm der Vorgesetzte nicht durchflutschen. Stattdessen setzte der Sergeant zu einer Belehrung an: »Eng Diarrhö«, so etwas habe allerhöchstens »eisen Grand Duc«. Einen Durchfall wiederum habe nur »den Här

Majoer«. Er aber, Josy also, unser schlichter Rekrut, habe »eng ganz hondsgeweinlech Schaisserei!«

Ja, das Militär! So geht's da zu. *Vir Ärsch!* Und das, erklärt Traudenpitter, der Weise aus Heilbach, heiße nicht »für'n A...«, sondern: Für – also im: Ernst.

Et jit net jerannt.

Isch finde das sehr chön!

Vor einiger Zeit habe ich in Feusdorf ein Foto gemacht - von einem Straßenschild für den Nachbarort Esch. Weil nämlich ein offenbar sprachbewusster Spaßvogel das »E« von »Esch« fein weggekratzt hatte. Übrig blieben ein wunderschönes, einsames »sch« und der Hinweis, dass es bis nach »sch« noch einen Kilometer weit sei. Was wie ein Kommentar auf die Eifeler Eigenheit wirkt, jedes »ch« eben wie ein »sch« auszusprech ... auszusprechen.

Aber ist das denn wirklich so schlimm? Schämen Sie, Leser, sich am Ende eigentlich, weil bei Ihnen jedes »ch« wie ein »sch« klingt?

Mir ist es, zugegeben, ziemlich lange so gegangen. Wofür ich um Entschuldigung bitte. Denn inzwischen finde ich, das muss nicht sein.

Schwatzen Sie einfach drauflos. Sonst passiert Ihnen nämlich das, was anderen auch immer unterläuft: Sie chmeißen alles durscheinander!

Dafür gibt es ganz prominente Beichpiele: Fußballtrainer Jupp Heynckes, früher Chtürmer bei Borussia Mönschengladbach, ist eines davon*. Der wirkt ohnehin immer so angechpannt, finde isch. Dabei hat er doch alles erreischt, was man in seinem Chpocht erreischen kann. Oder der Präsident des Europäichen Parlaments, Martin Chulz. Der chtammt bekanntlisch aus Echweiler bei Aachen, daher kommt das bei ihm. Chlimm? Ach was, nö.

Isch finde das chtattdessen sehr chön, denn es klingt immer so scharmant unbeholfen. Irgendwie sympathich. Menchlisch eben.

Isch könnte jetzt noch zahlreische weitere Beichpiele aufchreiben, von herrchsüschtigen Machinenchlossern und anderen Quatch. Aber isch finde, es reischt chon. Sie haben misch ja längst verchtanden. Chtimmt's? Außerdem ist das alles ziemlisch chwer zu lesen, wie ich gerade festchtelle.

Also: Nie für das »sch« chämen. Das wäre voll cheiße.

Et jit net jerannt.

*Ich muss mich wieder einmal korrigieren. Der Jupp nämlich verwechselt zwar vielleicht »ch« und »sch«, chpricht aber deshalb vorsichtshalber alles wie ein »ch« aus. Entchuldigung.

Talleyrand im Fußballfieber

Letztens hatten wir hier das Thema »Vertipper«. Dem Jungkollegen Brunker unterlief gerade wieder einer: »Burglecken«. Bevor ich das erkläre, stellen Sie sich mal vor, wie das aussieht.

Fertig? Und jetzt die Auflösung: Er wollte natürlich »Burgflecken« schreiben. Für Schönecken. Wobei die Schönecker selbst ja nur »Flecken« sagen. Der bekanntlich »in des Tales stillem Grunde« liegt, »an dem Bache Nims genannt« (mit Dank für den Hinweis an den Altschönecker Kollegen Schmitzmichel).

Vom Bache Nims und den Vertippern kommen wir heute zum ebenso ergiebigen Verleser. Also wenn man was liest, was gar nicht da steht. Neulich wieder: Artikel im Volksfreund, Thema »Fußfallkreuze« (an denen man bittend in die Knie geht, daher der Name). Die Gemahlin, empört: »Wasdattenn? Fußballkreuze?!?« Zum Niederknien. Wie auch der »Heiligkeitsregler«, den sie mal in einem Supermarktprospekt entdeckte. War aber nur ein Helligkeitsregler, schade.

Mein eigener Lieblingsverleser ist der hier: Statt »Tellerrand« las ich in einem Artikel »... ob er die Chance hatte, über den *Talleyrand* seiner Epoche hinauszublicken«. Wobei ich nicht immer bedeutende Staatsmänner erkenne: Einmal verstand ich »Meerrettich« statt »Metternich«. Gruß nach Metterich!

Den hier schenke ich allen Anglisten: Anstatt »San Manuel«, einem staubigen Nest in Arizona, las ich: »See manual« (Deutsch: »Betriebsanleitung zu Rate ziehen«). Und für alle Frankophilen ein weiterer, aus einem Buch des tollen belgischen Autors Philippe Toussaint: »In diesem Aufzug hatte er auf dem *Bertrand* Platz genommen«. Leider war's nur der Bettrand.

Und dann las ich mal, statt »schweigender«, »schweinigelnde Mehrheit«. Steckt da nicht viel mehr Wahrheit drin als im Original? Na, Mehrheit, was sagst du? Kollege Brunker sagt, er habe gerade im TV eine diskriminierende Überschrift gefunden: »In Bitburg treffen zwei Schwuletten aufeinander.« Da stand aber: Schulwelten. Himmel! Jetzt könnt' man einen Heiligkeitsregler brauchen.

Et jit net jerannt.

Die Verleser der Leser

Beruhigend, wenn man nicht der einzige Mensch mit gelegentlichen Fehlfunktionen ist. Jüngst hatten wir es hier ja mit den Verlesern und noch ein bisschen davor mit den Vertippern. Da hat mir die Solidargemeinschaft Eifelkolumne zum Glück noch einige schöne Sachen zugespielt, damit ich mir nicht so allein vorkommen muss.

Zum Beispiel Andreas Wisniewski aus Stadtkyll. Der Mann ist Touristiker, deshalb fällt das thematisch auch in seine Zuständigkeitszone: Die *Frühstück-Sexkursion,* von der er einmal irgendwo las. Heiße Sache. Leider nur falsch get-(haha)-rennt.

Am anderen Ende des Spektrums findet man den himmlischen *Kerz-Engel,* der einmal unserer Kirchweiler Vertrauensfrau Anita Adams erschien. Ist auf jeden Fall schöner als das eigentlich gemeinte Kerzen-Gel.

Und dann stiefelte ich ja diese Woche in Prüm über die Grenzlandschau, wo ich zwischen den Zelten fröhlich mit zwei trefflichen Herren aus Winterspelt kollidierte: Hubert Tautges und Anton Hockertz (aus dem Ortsteil Urb). Der berichtete begeistert von einem Ausflug ins südliche Biersdorf, wo er hoffnungsfroh ein Hinweisschild auf den nahe gelegenen *Säufer-Rundweg* entdeckte. Seine Enttäuschung kann ich nur zu gut nachempfinden – auf den zweiten Blick nämlich entzifferte er korrekt den »Seeufer-Rundweg«.

Rundweg herrlich auch das Lese-Malheur von Hubert Tautges: Der saß mit der Gemahlin vor dem Fernseher. Dann: Bildstörung. Die Einblendung »Bitte haben Sie etwas Geduld« kam bei ihm total anders an – weil er als Ortsbürgermeister ständig an die kommunale Finanznot denkt.

Jedenfalls las er: *Bitte geben Sie uns etwas Geld.* »Da hab ich zu meiner Frau gesagt: Ich glaub, ich brauch en Brill'.«

Die hat er jetzt. Das Geld, Leser, bitte an mich auf das Konto mit der Nummer… oh, Kolumne zu Ende.

Et jit net jerannt.

Zweifelhaftes Kartenmaterial

Unfassbar: Die Kollegen vom Hamburger Zeit-Magazin haben uns vorige Woche in ihrer »Deutschlandkarte« als ... äh, stopp: Kennen Sie die Deutschlandkarte? Da wird die Republik jede Woche unter einem bestimmten Thema betrachtet.

Also zum Beispiel wo überall Regionalkrimis spielen. Oder wo es Straußenfarmen gibt (ja, Straußenfarmen). Vor ein paar Jahren schafften es sogar die Stadtkyller mal auf die Karte - damals ging es um die beliebtesten Ferienorte der Niederländer in Deutschland. Stadtkyll: Rang sieben. Fand ich supi. Beliebt für Kaiserschnitte ist übrigens der Eifelkreis Bitburg-Prüm - mehr als dort gibt es im, hihi, Schnitt nirgendwo sonst. Ob man da jetzt aber unbedingt Erster sein will?

Jetzt aber haben die Deutschlandkartenmacher uns doch glatt als, aua, Eifelaner bezeichnet. Diese Ahnungslosianer können sich nicht vorstellen, wie weh das tut. Eifelaner. Ich bin in meinen regionalen Gefühlen verletzt.

Angeblich heißen wir so wegen einer Duden-Regel. Zitat: »Wenn der Name einer Stadt auf ein unbetontes -er endet (wie in Münster), kann der Bewohner ... am Ende -aner heißen (Münsteraner), um das unschöne -erer zu vermeiden (Münsterer).« Das gilt offenbar auch für die Endung »-el«. Siehe Moselaner. Untermauert wird das mit der Wortschatzdatenbank der Universität Leipzig. Ich habe nachgeschaut: Da steht wirklich Eifelaner. Wenn ich noch mal in Sachsen anhalt', werde ich das ändern.

Eifelaner: Ich kann gar nicht abwarten, bis ich das mal einem Meckelaner erzähle. Oder einem Irrelaner. Einem Birgelaner und einer Waxweileranerin. Den Hinterweileranern,

Kirchweileranern, Oberweileranern, Niederweileranern, Obergeckleranern, Niedergeckleranern, Kyllburgweiler-, Ferschweiler-, Heidweiler-, Ober- und Niederscheidweileranern. Den Hiselanern natürlich auch. Irgendwen vergessen? Bestimmt.

Aber die Trierer werde ich von jetzt an regelkonform als Trieraner bezeichnen.

Gruß an die Hamburgenser. Von den Eifelisten.

Et jit net jerannt.

Rischtisch oder falch

Mit Kritik komme ich klar. So lange sie andere trifft. Oder so daherkommt, wie sie Franz-Josef Ferber aus Daun formuliert hat. Er bezieht sich auf unsere Kolumne über das Eifeler »ch«, das bekanntlich meistens zum »sch« wird. Zumindest, wenn er es schprischt, der Eifeler.

Das Thema, schreibt Herr Ferber, beschäftige ihn schon lange: »Niemals«, stellt er allerdings klar, »würde ich bewusst ein *sch* dorthin setzen, wo ein *ch* hingehört.«

Das hänge mit seiner Herkunft aus der Nähe der Struth zusammen - der Gegend also »zwischen Kelberg und Daun«. Die Ströder - so nennt man die Struther - »werden hin und wieder wegen ihrer scharfen, aber durchaus korrekten Aussprache des ch gehänselt«. Zum Beispiel von den Daunern, »die anscheinend auch nicht wissen, wo ein *ch* hingehört und ein *sch* nichts zu suchen hat. In dieser Beziehung könnten sie von den Strödern noch lernen.«

Und deshalb, resümiert Franz-Josef Ferber, könne er meinen Rat (»schwatzen Sie einfach drauflos«) nicht befolgen. Das sei eben so eine Macke von ihm, müsse man verstehen, sei nicht so gemeint, erläutert er am Telefon, aber er trenne eben strikt zwischen den Lauten.

Anders als Altkanzler Kohl, schreibt er, bei dem »Kirche« und »Kirsche« immer das Gleiche seien, nämlich Kirsche, oder der SPD-Fraktion-Schef ... pardon: Fraktions-Chef im Landtag, Hendrik Hering. Der nämlich »spricht gleich drei Fehler in einem einzigen, verhältnismäßig kurzen Wort: *rischdisch*.« Ein Westerwälder eben.

Ich kann, wie gesagt, mit diesem Widerspruch gut leben, zumal ich dabei, zusammen mit den Daunern, wieder was gelernt habe. Deshalb ergänze ich auch brav meinen Rat aus der erwähnten Kolumne: Schwatzen Sie einfach drauflos, wie es Ihnen in den Kram passt - rischtisch oder falch.

Ich grüße, wie auch Herr Ferber das am Ende seines schönen Briefes tut, »ganz herzli(s)ch«!

Et jit net jerannt.

Lauter Grenzen und Lautgrenzen

Die Eifelbarriere. Klar: Das Misstrauen, das dem Fremdling frostig entgegenschlägt, wenn er sich an einen Einheimischen ranwanzen will - äh nein, stimmt gar nicht. Das ist in Wirklichkeit jene Dialektgrenze, die auch als »Dorp-Dorf-Linie« bezeichnet wird und ungefähr entlang der Landesgrenze nach NRW verläuft.

Um die Eifelbarriere geht es demnächst in Mayen. Unter anderem. Denn tatsächlich »geht es um die ganze Eifel«, sagt mir Georg Cornelissen mit verschwörerischem Tonfall. Er arbeitet für das verdienstvolle Institut für Landeskunde und Regionalgeschichte beim Landschaftsverband Rheinland (LVR) in Bonn, leitet dort die Sprachabteilung und ist daher ständig auch mit uns und unserer variantenreichen Zunge befasst. Außerdem hat er schon manches schöne Werk dazu geschrieben. Zum Beispiel »Meine Oma spricht noch Platt« (Greven-Verlag, 9,90 Euro). Sehr lesenswert. Zumal die Menschen beim LVR richtig viel wissen, während ich ja hier nur launengesteuerte Vulgärlinguistik betreibe.

Wann und wobei geht es um die ganze Eifel? Hierbei: der Landschaftsverband lädt nämlich zum ersten Mal zu einer Konferenz über das Eifeler Platt ein - am Samstag, 8. Juni, von 14 Uhr bis 17.30 Uhr, im Eifelmuseum auf der Mayener Genovevaburg. Der Eintritt ist frei, nur anmelden wäre schön: Am besten unter der Rufnummer 0228/9834235.

Ich plane da jedenfalls hinzufahren. Und empfehle nicht nur die Teilnahme, sondern auch mich für diese Woche. Nicht ohne den Hinweis auf eine weitere Barriere: Die »sch«-Grenze, auf die Roland Thelen in Mehren verweist, der damit auf die Post von Franz-Josef Ferber vorige Woche antwortet:

Diese Demarkationslinie »verläuft nämlich exakt zwischen den benachbarten Dörfern Mehren und Darscheid«. Die Mehrener, schreibt er, hätten früher immer über die Darscheider gespottet, »wegen der dort ausgeprägten sch-Laute«. Und zwar hiermit: »*De Schrumpere sejn noch schraseschreen, ma kaan se' noch net schrowwen.*«

Zu Hochdeutsch: Die Kartoffeln sind noch grasgrün, man kann sie noch nicht graben.

Schrenzen ... pardon: Grenzenloser Dank!

Et jit net jerannt.

*Die machen da wirklich tolle Sachen in Bonn. Und kümmern sich liebevoll-akribisch um die rheinische Sprache. Als ich ihm diese Kolumne rübermailte, reagierte Dr. Cornelissen mit einem großartigen Verleser: Statt »Vulgärlinguistik« sah er »Vulkanlinguistik«. Wunderschön. Und schade, dass es dieses Wissenschaftsfeld nicht gibt.

Ein Eifeler führt Klage

»Und? Wie geht's?« – »Och, naja, wenn Sie es wirklich wissen wollen, dann muss ich Ihnen leider mitteilen, dass sich meine persönliche Gesamtsituation im Augenblick und vermutlich auch in absehbarer Zukunft, ehrlich gesagt, als in erheblichem Ausmaß unbefriedigend darstellt, weil mir das Schicksal doch, wie ich finde, in übertriebener Weise und aus einer unverständlichen Perfidie heraus, besonders schlechte Karten zugespielt hat, wenn ich da zum Beispiel nur einmal die finanzielle Lage nehme, in die ich natürlich unverschuldet geraten bin, wo ich doch seit Jahr und Tag einer grundsoliden, ehrlichen, wenn auch nicht allzu einträglichen Beschäftigung nachgehe, immer verlässlich, selten krank, hinzu kommen aber dann auch noch all die Sorgen und Nöte, die einem das Familienleben bereitet, ob die Kinder nun klein sein mögen oder groß, das werden Sie ja vermutlich auch kennen, immer ist irgendwas im Busch, immer drückt es irgendwo, darüber hinaus aber, und das ist nun wirklich unangenehm, sehe ich mich derzeit zu allem Übel noch von einigen Zeitgenossen geradezu verfolgt, gehetzt sogar, denen man es aber auch beim besten Willen – den ich nun weiß Gott mehrfach unter Beweis gestellt habe – niemals recht machen kann, weil sie immer noch einen Grund zum Maulen und zum Meckern finden, und dann, als ob das alles noch nicht genügte, ist gestern auch noch unser Hund gestorben, der brave Lumpi, der mir immer ein treuer Freund war, sogar im Sturme, aber was soll ich Sie damit langweilen, am Ende bleibt doch, finde ich, nur eins zu tun, dass man nämlich nicht jammert, und deshalb habe ich auch beschlossen, darüber nicht weiter zu klagen, sondern tapfer durchzuhalten und einfach weiterzumachen, alles andere hat keinen Sinn.«

Würde der Eifeler nie sagen.

Sondern ganz anders: »Und? Wie geht's?« - »Ochpffh ... *nutzt jo neißt*.«

Et jit net jerannt.

*Diese Kolumne ist autobiografisch. Nur das mit Lumpi ist erfunden.

Neuerburger Neunundsechziger

M*er muss och en bisschen geckisch sein*«, sagt mir Klinkhammers Norb am Telefon. Genau! Weshalb wir auch gut klarkommen. Zumal wir uns einen Enkel teilen, wofür wir gar nichts können. Wenn einer ein Recht auf »*Geckischkeit*« hat, dann Norbert, das normensprengende Neuerburger Gesamtkunstwerk.

Am Dienstag habe ich ihn angerufen, 70 ist er geworden. Sieht man aber nicht. Dafür haben vermutlich *Milliuenen* Eifeler ihn schon gesehen - und gehört, wenn er sich das Käpten-Kostümchen umhängt und den Freddy gibt. Mit schlohweißem Haar, schlohweißem Bart, schlohweißer Mütz' und schlohweißer *Botz*. Und dieser Stimme, die freddyquinnmäßiger ist als die von Freddy selbst. Echt: Wer jemals neben Norb gesessen und ihm wehrlos zugehört hat, fühlt sich hinterher im Kopf wie ein Kirchenstuhl, in dem die Glocke angeschlagen wurde und auch eine Stunde später noch im Gebälk nachvibriert.

Nachvibrieren wird auch, was er sonst alles angestellt hat: Jedes Jahr ein neues Teil für die Neuerburger Weihnachtskrippe gebaut. Eine Mützensammlung zusammengeheischt, in der sich selbst Päpste bedienen könnten, wenn ihnen mal der Pileolus im Starkwind flöten ginge. Als Nikolaus jahrelang durchs Städtchen gezogen, Zehntausende gesammelt und alles gespendet. Und vieles mehr, weshalb ihn die Stadtgarde gestern auch geehrt hat. Böllerschuss!

Heute feiert ihn der Musikverein. Alles in allem, wie wir sagen: *en Hellijen*. Und natürlich, um noch mal einen weiteren, von Verdiensten wie ein Dornröschenschloss umrankten Neuerburger, nämlich Hermes Willi, zu zitieren: *En barbari-*

sche Kerl! (»barbarisch«, sagt Willi, sei ein Lieblingswort von Norb)

Eben ein Jeck nach meinem Geschmack. Auch weil er so was macht: Am Montag hat er sich um 23.59 Uhr vor den Spiegel gestellt. Und ein Foto von sich geschossen. Weil: »Ich wollt einmal noch auf 'nem Bild 69-jährich sein.« Barbarisch! So bleiben, Norb. Et jit net jerannt.

Vom richtigen Beichten

Ließ ich mich nicht vor zwei Wochen darüber aus, dass man es manchen Menschen nie recht machen kann? Ließ ich. Und zwar mit Grund, denn man kann es natürlich nicht.

Und doch, der Eifeler versucht es tapfer immer wieder. Ist er doch ein im Grunde Gerechter - ein Mensch voller Herz, das er zwar nur notfalls zeigt (Gefühl = Weiberkram), dennoch aber im Stillen, also *steekum*, in mildtätiges Handeln umsetzt. Einer, der im mitfühlenden Wissen um die Not und all die Anstrengung, mit der wir uns verzweifelt durch den Alltag kämpfen, auch an andere denkt und diesen ihren verdienten Lohn zukommen lassen will. Weil man niemanden »*verkunn*«, verkommen lässt.

Wie Schusters Pittchen, pardon: Schoosterpittche, von dem uns die ums Eifeler Mund- und Denkwerk verdiente Wilma Herzog aus Gerolstein eine beweiskräftige Geschichte überliefert: Pittchen kniete im Beichtstuhl und war gerade mit dem Wesentlichen soweit durch, als der Pastor nachhakte: »Pittchen ... ist das auch alles?«

Klar, sagte der Schuster. »*Boss op e paar kleener Donger*« - bis auf ein paar kleinere »Dinger« also. Die aber liefere er - weil er eben ein Gerechter war - nebenan beim Herrn Kaplan ab: Denn der lasse schließlich bei ihm auch schon mal »*en paar Aafsätz maache.*« Brav, Pittchen. Danke, Frau Herzog.

Und auch an Josef Hupperts aus Niederprüm, der uns das Leben mit einer weiteren Beichte verschönert – der vom Luxemburger *Schang*, der dem Pastor gestand, mit der Liebsten im Heu »*en Dubberche*« gemacht zu haben. Absolution verweigert! Schang aber wusste um den deutlich liberaleren Bischof L, beichtete dem alles noch einmal und erhielt die

Befreiung. Ja wie, wunderte er sich. Antwort des Bischofs: »*Watt soll dann en eenfache Pastur vam Poppe verstonn?*«

Et jit net jerannt.

Man kommt zu nix!

Tut mir leid, Leser: Ich wollte euch eigentlich in aller Ruhe berichten. Von der Eifelplattkonferenz in Mayen. Von der schönen Post von Marianne Schönberg aus Jünkerath (Grüße zum 80.!). Und von den anderen, die wieder schrieben.

Aber ach, ich komm nicht dazu. Hier ist nur Gedöns. Der Kollege Brunker, unverschämt, genehmigt sich einen Urlaub. Und immer, wenn er Ferien macht, passiert was. Der Blitz schlägt ein, die Welt geht unter, man kommt mit dem Berichten nicht hinterher. Wie diese Woche ja auch wieder.

Aber wenn ich dazu käme, dann würde ich euch von der Dialektalität berichten: Die nämlich befindet sich in der Westeifel auf Stufe drei, während sie in anderen Landstrichen unseres so herrlich bunten Sprachraums eher auf Stufe zwei verharrt, was aber kein Qualitätsurteil bedeuten soll.

»*Watt hätt/hott henn/hään dann/daan?*«, werdet ihr in all eurer jeweils eigenen Dialektalität fragen, und nein, ich bin nicht bekloppt, ich erklär's ja auch gleich. Weil ich das ja, zusammen mit 80 anderen Eifelern, bei der Konferenz gelernt habe, ausgerichtet von den rühmenswerten, dialektophilen (das ist nichts Schlimmes) Herrschaften beim Landschaftsverband Rheinland.

Hatte ich ja vor ein paar Wochen angekündigt. Und mir hat es da sehr gefallen – vor allem, weil das Kommando Eifelkolumne in starker Zahl vertreten war, von links unten auf der Karte bis rechts oben, sehr gut. Wegen der Bierbude draußen, auf der »dajöh« stand.

Und weil wir alle so eine tiefe Dialektalität haben, jetzt kommt's, sind wir vielen anderen voraus. Oder, wie es einer der Gelehrten in Mayen ungefähr – ich erlaube mir da ein bisschen poetische Freiheit – erklärte: Für einen Eifeler ist so was wie Pfälzisch mehr oder weniger Hochdeutsch. Während umgekehrt der Pfälzer einen Eifeler kaum versteht, wenn der mal loslegt.

Ist doch schön.

Grüße aus dem Stress. pardon: aus dem *Verlaad*.

Et jit net jerannt.

Lasset uns singen!

»Dat kannste aber singen!«, sagt der Eifeler, wenn er jemandem aus ganzem Herzen zustimmt. So taten es auch früher die Stadtkyller, vor allem zum Karneval (nein, diese Kolumne ist nicht an aktuellen Anlässen orientiert, wir verfahren hier, wie heißt das, antizyklisch, schon wieder so ein bescheuertes Wort, ich werd's nie wieder verwenden). Da trällerten sie nämlich das Liedchen, das ihnen Malermeister Christian Keller extra geschrieben hatte.* Textprobe: »*Die hatten se net all em Döppe, die wooren jo all knatschverröckt.*«

Ja, waren sie. Knatschverrückt. Sind sie heute noch. Macht nix, denn wer hat sie schon alle im, äh, Düppen, also in der Schüssel, dem Topf, dem wie auch immer genannten Behältnis? Wer unter uns, so frage ich euch, hat denn keinen an der Waffel? Wer kann von sich denn ernsthaft behaupten, er habe alle Latten, oder, wie der Eifeler sagt, *Latzen* bzw. *Laaten* am Zaun, Tassen im Schaaf, alle sieben Zwetschgen, nein: *Prumme* beieinander?

Aber wo wollte ich hin? Ach ja, singen. Hups, da kommt mir ja doch ein aktueller Anlass in die Quere. Und den liefert mir das Collegium Vocale, die knatschverrückte Combo mit stimmstarken und formschönen Singvögeln aus Hillesheim, Lissendorf, Gerolstein, Fleringen, Berndorf, Bolsdorf, Büdesheim, Jünkerath und Stadtkyll, das beste Gesangsensemble der Welt in der ohnehin schon an besten Gesangsensembles der Welt nicht gerade armen Eifel (oha, grade noch die Kurve gekriegt).

Weil: Die haben ein neues Lied. Und zwar eins, das sie am Samstag, 6. Juli, im Hillesheimer Kulturzirkuszelt in die Manege zwitschern werden. Und es ist ... toll geworden. Ich war nämlich bei den Proben dabei, daher weiß ich's. Und weil ich den Text schon kenne. Und ihr, Leser, auch. Der stand nämlich wo? Genau: hier! Ich sage nur: Franzosengedicht. Parbleu! Ich bin, *chers hommes*, schon knatschverrückt vor lauter *Ommes*. Bis Samstag!

Et jit net jerannt.

*Und der Text, wie konnte ich den nur unterschlagen, stammt von Josef Engel. Pardon. Mehr zum Franzosenlied im Anhang. Und hier noch schnell ein Bild von den Stadtkyller Möhnen:

Li-La-Laune-Horror

Geht euch das auch so, Leser? Dass ihr in der Regel nur die »wissenschaftlichen Untersuchungen« ernst nehmt, die euch in den Kram passen? Ich bekenne mich jedenfalls dazu. Was war ich froh, als ich las, dass das mit dem Kaffeekonsum jetzt auch wieder nicht sooo schlimm ist. Sondern sogar ein bisschen gut. Keine Ahnung, wie lange das gilt. Aber künftige gegenläufige Untersuchungen werde ich schön wegignorieren.

Und ja, endlich, kommen jetzt weitere Forscher um die Ecke und erklären den elenden Lilalauneterror und das zwanghaft positive Denken für Quatsch. Zu recht. Warum immer grinsen? Hier: »Ohne Lächeln kommt der Mensch, ohne Lächeln geht er, drei fliegende Minuten war er froh.« Toll, was? Das ist von Dichtertitan Jean Paul, dessen 250. Geburtstag wir hier mal für ein Minütchen würdigen sollten *(geht währenddessen kurz raus, macht Kaffee, kommt zurück, überlegt sich, wie er die Überleitung zum eigentlichen Kolumnenthema hinkriegt ... und pling! Ah! Das könnt' hinhauen! Weiter geht's ...).*

Ich jedenfalls brauche für gute Laune einen Grund. Und hui, da kommt auch schon einer durch den Briefschlitz gesegelt - und liefert uns wieder so ein erfreuliches Beispiel für die Weisheit des Eifelmenschen: Aus Bitburg hat uns nämlich, vermutlich eingedenk meines Schwaduddelns über den Dauer-*Verlaad,* Norbert Zeien was Nettes rübergeorgelt. Es betrifft, wie er schreibt, das »*kuurz oangebunnen sin*« des Eifelers. Weiter mit Norbert:

»Wenn Dir jemand was erzählen will, was Du aber gar nicht hören willst, oder derjenige sich etwas zu lange mit einer Ansprache aufhält, sagt man bei uns auch mal gerne:

Spoar da dean Otem fir de Krumpern ze blohsen. (Ich glaube, die Übersetzung brauchst Du nicht, gell?).«

Brauch ich nicht. Aber den Satz, den kann ich brauchen. Dank nach Bitburg.

Et jit net jerannt.

Endlich große Ferien

Große Ferien! Sechs Wochen frei! Heißa! So denkt das Kind in uns. Die Eltern in uns denken: Große Ferien? Sechs Wochen? *Oh Könner nää! Wat maaachemer nömme möt denne Pänz?* Tja. Da lernt man die Lehrerschaft noch mal so richtig schätzen.

Kurz vor Ferienbeginn knubbeln sich immer die Schulsachen in der Zeitung. Tausende von Abgängern wollen gefeiert sein, das haben sie sich auch verdient. Und weitere Tausende stehen bald vor der Tür, hinter der angeblich ein gewisser Ernst des Lebens hockt, um sie zu erschrecken (Kinder: Das ist Quatsch. Lasst euch keine Angst einjagen. Der Ernst des Lebens fängt erst an, wenn ihr selber Kinder habt. Glaubt dem Onkel).

Also: Schule in der Zeitung, auch so ein Thema. Wegen der Sprache. Ist euch schon einmal aufgefallen, wie oft in einem Artikel über eine Schule der Begriff für Schu ..., äh, Bildungseinrichtung vorkommt? Hier ein nur knapp neben der Wirklichkeit aufschlagender Beispielsatz: »Im kommenden *Schul*jahr werden an den Real*schulen* plus und anderen weiterführenden *Schulen* etwa soundsoviele tausend *Schüler* antreten ...«

Wann immer ich sowas lese, denke ich: Da hat der Schreiber schon den Ferienmodus eingeschaltet (siehe auch: Sonntagsgang, also *Sonnessen*), sonst wär ihm das doch aufgefallen. Pingelig? Joh. Das ist der Lehrerschweinehund in mir. Hin und wieder hat er Druck, dann lass ich ihn raus, und er geht überall markieren.

Zurück zum Anfang: Manch einer wird also das Ferienende herbeisehnen, auch wegen der infantilen Geräuschentwicklung. Ich kann da nur mit einem Eifeler kontern, der vor

Jahren mal gutgelaunt rief, als sich ein anderer über das Gekreisch eines Pänzleins aufregen wollte: »*Nix da. Kinderjeschrei is Zukunftsmusik!*« Kein Eifeler Spruch? Ejal, stimmt trotzdem.

Et jit net jerannt.

Mädcher un Moppedcher

Noch so ein herrliches *Dingen* von Josef Hupperts, ich frage mich immer, wo er die herholt. Ist aber auch egal, solange ich (apropos solange: Auch da verlese ich mich immer, irgendwo muss sich in mir ein Franzose verstecken. Ich lese nämlich nie »solange«, sondern immer diesen Frauennamen: *Soloongsch.* Bekloppt, oder? Und weil es in dieser Klammer gerade so gemütlich ist, schicke ich noch einen ganz, ganz schlimmen Vertipper hinterher: Wann immer ich im Volksfreund ein Konzert oder was anderes ankündige, vergesse ich bei der Erwähnung des zu entrichtenden oder nicht zu entrichtenden Eintritts einen Buchstaben. Und zwar das »n«. Stellen Sie sich mal vor, das stünde so in der Zeitung! Eieiei!) ... solange, äh, *sofern* ich die Geschichten hier weiter erzählen kann.

Die hier spielt in der belgischen Eifel: Ein Junggeselle hat das Alleinsein satt und deshalb in einem kirchlichen Blatt eine Annonce aufgegeben – Frau gesucht. Und siehe: Frau meldet sich, man kommt miteinander parat, schon huschen zärtliche Gefühle zwischen den beiden hin und her – und eine Heirat zeichnet sich ab.

Da aber kommen dem Mann Zweifel ... ob das wohl so seine katholische Richtigkeit hat? In seiner Not geht er zum Pastor, erzählt ihm alles und fragt: »Was sagt ihr dazu, als Mann der Kirche?«

Der Kirchenmann denkt nach. Und rät dann, anders als ich den diversen mir bekannten lieben Menschlein, die zum Beispiel heute heiraten, von dieser Allianz ab: »Ich würd' dat net machen«, sagt der Pastor. Wegen der Annonce. Mit so was habe er nämlich schlechte Erfahrungen gemacht: »Ich hab mal ein Moppedchen über eine Annonce gekauft«, erklärt der Pfarrer. »Und da bin ich mehr daneben gelaufen, wie ich draufgesessen hab.«

Ach, mehr davon. Solange es keinen Eitritt kostet.

Et jit net jerannt.

Mehr Unsinn, bitteschön

Ernst des Lebens? Pah. Meine beiden Opas verfügten über einen Sinn für den Unernst des Lebens. Ich glaube aber mittlerweile, dass der Gesamteifeler ähnlich zusammengenagelt ist. Diese ganze Nummer mit dem »Schaffen«, der bravfleißige Eindruck, den man mit aller Kraft und im Schweiße des besorgt gefalteten Gesichts zu vermitteln nicht müde wird - es ist alles nur ein Trick.

Der eine Opa zum Beispiel brachte in der Weihnachtszeit gern die familiäre Christbaumschmückbrigade aus dem Konzept, indem er beherzt in den Lamettakasten griff und unter tirilierendem Absingen von Atzwentzsliedern (»Ühr Küüüünderlain koooommett«) das Gestrüpp einfach in die allgemeine Richtung des Bäumchens schmiss, so dass es wie eine detonierte *Schottel* Spaghetti darauf und daneben zu landen kam. Und der andere konnte einem eiskalt die haarsträubendsten Geschichten aufbinden - bis dann ein kaum sichtbares Funkeln im Großvaterblick signalisierte: Der macht nur Quatsch.

Genau so wie jener Berndorfer Eifelpapa, der auf die Frage seiner Kinder, wo er denn sei (Dank mal wieder an Maria Leiff für das Zitat), zurückrief: »*Em Hemm un stecken der Kopp erüss!*« Genauer kann man seinen Standort nicht eingrenzen, das schafft kein großkotziges »Global Positioning System«. Herrlicher Blödsinn - und total schlau zugleich.

So pustet man eben ein bisschen Spaß ins allzu Ernste und nimmt alles ein bisschen leichter, als es ja in Wirklichkeit leider ist. Zitieren wir zwei alte Kolumnenzuträger: erstens Wagner-Pit, der von irrelwärts heraufmeldet: »*Besser en Dor am Oasch wie gor kän Holz.*« Damit kann man auch dem Weh noch etwas Witz abgewinnen. Gibt sogar einen Fachbegriff dafür. Das Ganze sortieren nämlich wir ein unter, wie Traudenpitter ebenfalls aus dem Südwesten schickt: »Tulutz«. Das sei, schreibt er, »keine Figur im Eistanz, sondern unnützer Unsinn«.

Mehr Lametta*! Mehr Tulutzerei! Mehr Unsinn!

Et jit net jerannt.

*Mehr Lametta? War nicht nur früher. Bitteschön: Im Sommer 2013 wird im Lünebacher Eifel-Zoo ein allerliebstes Lamakind geboren. Wir rufen die Leser auf, einen Namen zu finden. Und peng: »Lametta« heißt das Kleine, auf Vorschlag von Inge Böffgen aus Gerolstein.

Ogedun, ugedon

Verdammte Hacke: Ich darf nicht mehr rauchen. Qualmen. *Dämpen.* Welche Konsequenzen das für die Eifelkolumne haben wird – keine Ahnung. Wird die jetzt gesünder? Nüchterner? Ach nein, trinken darf ich ja noch. Aber schon jetzt merke ich, wie mich die Rappeligkeit anfällt. Und so ein Zwang, die Redaktionsrauhfaser abzupiddeln, nur damit die Finger was zu tun haben.

Jetzt nervt auch noch der Computer: Ständig ploppt ein Fenster auf und meldet, dass in wenigen Minuten ein »zugewiesenes Programm ausgeführt« wird. Häh?!? Ich habe nichts zugewiesen! Wer war das? Die Amis wieder? Die sollen sich verklicken!

Pardon, das ist bestimmt der Entzug. Wie schön aber, dass die Zufuhr von Leserpost weiter funktioniert: Wie die hier aus Gillenfeld, von Günter Schenk. Der zunächst mit einem irren Geständnis um die Kurve kommt: Obwohl Volksfreund-Leser, hat er bisher die Kolumne links liegen lassen. Zu viel zu tun samstags. Jetzt aber liegt er flach, und da hat ihm Roland Thelen aus Mehren unser Büchlein in die Rekonvaleszenz geschickt. Ruckzuck, schreibt Günter Schenk, »waren die Eifeler Einsichten inhaliert« (er schreibt wirklich inhaliert. Ob der das mit dem Rauchen wusste?). Und er schickt ein wunderbares Heft - randvoll mit Gillenfelder Wörtern und Sprüchen. Klasse. Nur ein Beispiel: »*Oggedun*«. So habe man im Dorf eine Dame genannt, die sich immer fein gewandet wähnte.

Und dazu schickt - diese Zufälle manchmal - wiederum aus Bitburg Carl Diederich eine fugendicht passende Story: Die von dem Eifeler Arzt, der mit seiner Schwester im Rosenkranz war und danach mit einigen Bekannten noch einen trinken gehen wollte. Da wehrte sich die Schwester: Sie hatte nämlich unter dem Mantel nur die Kittelschürze an. Fazit: »*Eich sen net ugedon, fir meich ouszedon*«. Schön, oder? Ich bin sehr angetan … äh: *ugedon.*

Danke, Männer. Et jit net jerannt.

Ich danke, neben vielen weiteren mitfühlenden Lesern, dem ausgewanderten Eifeler Raimund Nickels, der – nur geografisch – von oben herab, nämlich aus Bergen im Kreis Celle, Zuspruch sendet und das Gewichtszunahmeproblem aus Erfahrung kennt. Sein Motto: »Scheiß auf Schönheit, lebe lieber gesund!« Ich probier's, Raimund, ich probier's ...

Mit Pep in die Saison

Hm. Wenn man nicht mehr paffen darf (es ist die Hölle. Klappt natürlich noch nicht so richtig. Danke übrigens, Herrschaften, für die Anteilnahme), dann beginnt man sich im entzugsverwirrten Köppchen plötzlich für Dinge zu interessieren, mit denen man sich sonst nie befasst hätte. Dem FC Bayern zum Beispiel. Dessen neuer Trainer, Josep, pardon, Pep Guardiola, äußerte vor dem ersten Spieltag der neuen Saison (bayrisch: »ßaißohn«), er halte diese Verehrung, die ihm überall erwartungsvoll entgegenschwappt, nicht mehr aus, das belaste ihn, und überhaupt sei er gar nicht der beste Trainer der Welt, sondern ... »sondern ich!« - denkt, so mein Verdacht, wahrscheinlich Matthias Sammer.

Huch. Die Eifelkolumne ist zur Bayernkolumne geworden. Kurve kriegen! Ich weiß auch schon wie: mit zwo Bayern. Der erste Helfer ist Regisseur Helmut Dietl (dessen *Monaco Franze* gerade auf Bayern 3 wiederholt wird. Gucken, Leute!). Der hat zum Thema Sprache, Herkunft, Dialekt, mal in einem Interview folgende wundervolle Antwort gegeben: »Ich bin ein Befürworter der Tatsache, dass jeder irgendwo herkommen soll, und das soll man auch hören.« Das kombinieren wir mit dem gottgleichen Gerhard Polt, den wir aus einem Interviewbuch mit Herlinde Koelbl zitieren: »Ja, aber es gibt Leute, ich erlebe es ja auch am Biertisch, die nach drei, vier Maß zum Weisen werden. Aber auch Antialkoholiker sind das manchmal. Man weiß nichts Gewisses. Das ist doch wunderbar.«

Genau. Noch mal zurück zum Trainer: Der hat es doch viel einfacher als, sagen wir, unsereiner, der Pep. Von ihm verlangt zum Beispiel kein Schwein, dass er jede Woche gutes

Deutsch abliefere. Und überhaupt, die Jammerei - dazu noch einmal, aus einem ganz frischen Brieflein, die Tant' von Kollegin Inge: Man soll gefälligst, schreibt sie eine alte Eifeler Weisheit, nicht »*krejschen*«, bevor man »*gepriejelt gof*«. Also nicht kreischen, heulen, bevor man geprügelt gab, äh, wurde.

Verstanden, Pep?

Es gibt nicht gerannt, sakkradi!

Eventbesoffenes Hypegesummse

Wir machen ja hier wirklich nicht jeden Quatsch mit. Bis wir uns mal für etwas begeistern und das auch in maßvoll überschwenglichen Wendungen (»jooohpfffhh ... och«) verbalisieren, ist die modegesteuerte Welt ohnehin schon längst dabei, den nächsten quiekenden Paarhufer durch die Pfarre zu prügeln.

Wie nennt man das im Modesprech? Wenn eine Sache so aufgeblasen wird, dass sie zum Riesenballon wird? »Hype«. Ausgesprochen: Heip (wie in Kneip'). Bedeutung: Rummel, Gedöns, Zinnober, Brimborium, Firlefanz und, im Endeffekt, Quatsch. Meist dreht sich der Hype um irgendein »Event« – was auf Deutsch Ereignis heißt. Meistens aber ist das gehypte Event gar keins.

Das H-Wort gibt es selbstverständlich auch in der Eifel. Dazu aber gleich mal eine Richtigstellung von Peter Trauden: »En Heip«, schreibt er zur Wissensvermehrung der Leserschaft, das sei natürlich kein Hype, »sondern ein kleines, ärmliches Häuschen«.

Danke, Traudenpitter. Und danke an Rehlesbernd aus Üxheim, der wieder einmal eine schöne, kleine Geschichte aufschnappte – so liebt der Kolumnist das: Mitgehört, aufgeschrieben, rübergeschickt. Vorab zur Erklärung: Darin kommt auch eine Eifeler Variante des Begriffs Aufregung vor. Hatten wir ja schon einmal erklärt: Ommes, Ümmes oder so ähnlich.

So, zur Sache: Es ist schon ein bisschen her, es war kurz vor dem angekündigten Weltuntergang im vorigen Dezember: Unser Bernd war mit seiner Gemahlin in einer Fußgängerzone unterwegs. Dort hatte sich eine Gruppe von jungen Leuten postiert. Sie wollten von den Passanten wissen, wie sie zum Thema Weltuntergang stünden und was sie dazu zu sagen hätten: »Was«, so fragten die jungen Leute, »halten Sie vom Hype über den Weltuntergang?«

Bemerkenswerte Antwort eines älteren Herrn, die Bernd beglückt mitbekam: »*Ihr maaht en Ümmes üm de Haip!*« Kann man es besser sagen? Ich jedenfalls nicht.

Et jit net jerannt.

Die Schuldi und der Sohnes

Apropos verlesen, apropos vertippen: Gelegentlich verhört man sich ja auch. Und bastelt sich aus dem Ergebnis eine Wirklichkeit zusammen, die manchmal fast noch besser ist als die wirkliche Wirklichkeit, die ja ohnehin andauernd schwer zu wünschen übrig lässt.

Mir ist das als Kind (aber nicht nur als Kind) immer wieder passiert. Zum Beispiel: Kennt ihr, Leser, eigentlich auch die ominösen »Schuldi«? Ich habe mich jedenfalls damals gefragt, wer diese Herrschaften sein sollen. Das kam, wie mein gereiftes Ich (nicht lachen!) dann eines teilerleuchteten Tages herausfand, von dieser bemerkenswerten Eifeler Eigenschaft, dem Hochdeutschen *möt der Jewalt* gerecht werden zu wollen und dabei manche Wörter oder Silben besonders deutlich auszusprechen. Und so eben auch beim Vaterunser: »... wie auch wir vergeben unseren Schuldi ... *gern!*«

Majuhsebetter. Ich vergebe ja nicht immer sooo gern, weder dem Schuldi noch dem Blödi (Eifel-Aussprache: Plödi), das kann bei mir dauern, vor allem wenn mir jemand ... stopp, falsches Thema. Genauso schön aber wie der Schuldi ist der *Sohnes.* Schon mal gehört? Wo der kleine Junge sagt, ihm tue »der Sohnes« so weh? Als die Mutter fragt, was er denn damit meine, wo genau der Schmerz bei ihm sitze, zeigt er auf seine Brust: »Ja hier, im *Sohnes*!« Eben an der Stelle, auf die man tippt, wenn man sagt: Imnamendesvatersunddes*sohnes.*«

Raus aus der Kirche, rein in die anglistische Zugabe: Als Büblein fein wunderte ich mich oft auch bei irgendwelchen Stimmungssängern, die einen gewissen »Happy Barney«

ausriefen. Diesen Barney gab's aber gar nicht: Das hieß nämlich eigentlich »everybody!« und war die Aufforderung an alle, also everybody, mitzusingen. Bekloppt. Aber auch: schön.

Und jetzt *everybody*:

Et jit net jerannt.

Lauter Lokalhelden

Heute: Kino. Warum? Darum: Dreißig Jahre, so alt wird jetzt ein wunderschöner, schläfrig-melancholischer und zugleich saukomischerFilm – *Local Hero* von Regisseur Bill Forsyth. Für viele ein Meisterwerk. Für den Kolumnisten auch. Schon wegen des Titels: Lokalhelden sind wir schließlich auch alle (Kolumnist schmeißt sich an Leserschaft ran, gemerkt? Kolumnist spricht außerdem von sich in der dritten Person, völlig bekloppt)!

Wunderschön, was darin passiert. Oder sagen wir: nicht passiert – und wie es dazu kommt, dass *all moments* nichts passiert. Es geht um einen texanischen Ölkonzern, dessen Boss, der unvergessene Burt Lancaster, einen Mitarbeiter, so einen richtigen Yuppie-Knilch, an die schottische Küste schickt, um ein Dörfchen zu kaufen. Weil der Konzern das Dörfchen plattmachen und dort eine Raffinerie hinstellen will.

Local Hero ist ein Märchen, denn erstens trifft der hingeschickte Manager »Mac« MacIntyre nicht nur eine mutmaßliche Meerjungfrau, sondern zweitens jede Menge andere verwunschene, ein- bis halbsilbige Gestalten. Und die bremsen den texanischen Anzugträger dermaßen ein, dass der kaum noch voran kommt. Und sogar der Konzernchef wird am Ende ganz anders, nämlich: lieb. Finale: Das Dorf darf bleiben. Und Mac möchte gar nicht mehr weg. Ich sag ja: Märchen (zu viele Doppelpunkte in dieser Kolumne. Sofort abstellen).

Herrlicher Film. Weil diese Schotten uns, so viel Eigenlob muss sein, in ihrer entschleunigten Halbsilbigkeit erstens ähneln und zweitens, so viel Eigenkritik muss sein, mit gutem Beispiel vorangehen. Hier drehen ja manche sofort durch und werfen sich ergebenst in den Staub, wenn einer behauptet, er werde aus dem Nichts irgendein Riesending wie, sagen wir, einen internationalen Flugbetrieb mit allen Schikanen mitten in genau dieses Nichts knallen. Ist doch wahr.

Zum Local Hero wird man so jedenfalls nicht.

Et jit net jerannt.

Voll ins Knie geschossen

Da sieht man mal, wie bescheuert manche Sachen laufen: Seit ich nicht mehr rauchen darf (okay: Ich darf nicht mehr, aber ich tu's noch - jedenfalls ein bisschen. So. Jetzt ist es raus. Und ich will nix hören! Immerhin bin ich auf ein Viertel der bisherigen Tagesdosis runter.) ... also, seit ich nicht mehr rauchen darf, ist alles schei ... huch, nein, seit ich nicht mehr rauchen darf, habe ich mir angewöhnt, morgens ganz früh durch die Gegend zu stiefeln, weil die erwartbare Gewichtszunahme mir eine solche Angst vor der Verfettung und weiterer Verhässlichung (bei ohnehin fortschreitendem Haar-Aus- und sonstigem Verfall, den meine Übersee-Verwandtschaft so entzückend-charmant als »general body rot«, also allgemeine Körperverrottung bezeichnet) ... puh ... Satz nomma neu anfangen ... hier: Seit ich nicht mehr rauchen darf, renn' ich - also nicht direkt rennen jetzt, das, siehe unten, soll man ja nicht, ich meine: wandere ich mit der Gemahlin, die das im Gegensatz zu mir gar nicht nötig hätte, jeden Morgen in allerfrühester Frühe - jawohl: sechs Uhr, erstmal nachmachen - also wandere ich, zur Gewichtszunahmeverhinderung, Ertüchtigung und Fitnesswiederherstellung (fies, diese Ung-Wörter), in allerfrühester Frühe durch die Gegend und den Morgentau und bin dabei meist so eine Dreiviertelstunde unterwegs, uff, Satz zu Ende gekriegt, hier also jetzt: Punkt!

Und was passiert? Ich bin nicht fitter, jedenfalls bis jetzt noch nicht, Mist. Und: kein Gramm ab- sondern eher fast noch zugenommen. Dafür aber tut mein rechtes Knie nicht mehr weh, wenn ich mich hinhocke. Ich hocke mich aber immer nur hin, wenn ich rauche. Weil ich aber nicht mehr rauchen darf, besteht kaum noch Anlass, mich hinzuhocken. Ist das nicht bescheuert?

Doch. Wie schließen wir das hier jetzt ab?

Hm ... Mal den Schwickerath fragen. Chef, was sagt der Südeifeler?

Wie? Ah: »*De gaanz Wält ass gäckisch.*«

Joh, passt.

Et jit net jerannt.

Wenn die Ogder läuten

Wieder mal zwiefach Grund zur Freude - weil sich Zuschriften aus völlig unterschiedlichen Eifelecken ergänzen, als hätt' ich's geplant: Zuerst die von Elfriede - Friedchen - Krämer aus Esch im Oberen Kylltal. »Lieber Herr Linden«, schreibt sie und ergänzt, dass sie das »lieber« dem »sehr geehrten« bevorzuge. Zu Recht, liebes Friedchen! Das ist auch die richtige Anrede, hundertmal besser als all der andere Quatsch.

Friedchen schickt uns was aus der Landwirtschaft. Wenn nämlich, schreibt sie, ein Rind stierig, tschuldigung, *stierisch* sei, wolle es »beglückt werden«. Und dann habe es durch Blöken (Eifel: »*Plläätzen*«) auf sich aufmerksam gemacht.

Nur sagt man aber in Esch nicht blöken, sondern »*löggen*«. Eine Nachbarsfrau, des Löggens leid, rief deshalb den Viehhändler und empfing ihn mit dem nach hinten raus ins Hochdeutsche auslaufenden Satz. »*Joot, dat du küss, dat Bies hält sich Tag und Nacht* ... am Läuten«. Und das ganz ohne Glocken!

Ganz umgekehrt war es mit dem Rind, von dem uns Rosi Moser aus Olmscheid erzählt (der hier noch schnell für den frischen Redaktions-Krautwisch aus dem Islek gedankt sei. Da schafft es sich doch gleich viel besser). Diese Kuh nämlich wollte vom Stier gar nix wissen. Oder, wie der eine Bauer zum anderen sagte: Das sei zwar ein schönes, »schung«, Tier, aber wenn man es streichle und dabei »*an den Ogder kennt*«, dann schlage es nach allen Seiten aus. Und wenn es »*bei de Stär*« solle, stelle es sich immer mit dem Hintern zur nächsten Wand. Darauf fragt der andere Bauer, ob er das Tier irgendwo im Bekov, dem Eifeler Südwesten also, erworben habe.

»Joh«, sagt der Besitzer. Und fragt zurück, wie denn der andere darauf gekommen sei.

Antwort: *»Meng Frau as och van do.«*

Beglückend. Et jit net jerannt.

Foto: Christian Brunker

Einmal eizen, bittesehr

Verschließen Sie sich mal der Logik eines Dreijährigen, wenn ihm gerade ein wichtiger Gedanke gekommen ist. Ich kann das nicht, zumal mich das Gefühl beschleicht, dieser spezielle Dreijährige komme auf deutlich mehr frische Gedanken am Tag als ich (das ist nicht gut, Kolumnist. Du beginnst und beendest einen Satz mit »ich«).

Unser Paulo, den wir dieser Tage sitteten (hoh, ein Anglizismus! Wetzt die Schwerter, Sprachbewahrer!) überzeugte mit folgender Aussage – die muss man sich jetzt gehört vorstellen, nicht gelesen, dann wird sofort klar, wie klasse sie ist: »Ich hab die Clowns im Zirkus gesehen! Aber die *klau'n* überhaupt nix!«

Toll, oder? Da ist man wehrlos, sag ich doch. Schlimm nur, dass ich den armen Jungen hier einleitungsmäßig vorschiebe, um eigene Unfähigkeit zu kaschieren.

Aber, hilft nix, *Botz eraf*, ich habe gefehlt. Vorige Woche. Erst schickt mir Kollegin Maria Adrian (Eifelmädchen, also: Adrians Marische) eine Rüge, dass die ja doch ein bisschen frauenfeindlich gewesen sei (Maria! Das waren alles Zuschriften von Frauen! Sonst hätt ich mich das doch nie getraut!) und zweitens lässt mich Zusenderin Rosi Moser – von der die Geschichte mit der sexfeindlichen Kuh aus dem Bekov kam - knallhart wissen, dass ich »Streichen« und »Streicheln« verwechselt habe. Dabei heiße »streicheln« auf platt doch *»eizen«*. Streichen wiederum steht, klar doch, für »melken«.

Darauf muss ich erst mal einen Schluck Wass... äh, nö. Nochmal Rosi, die hiermit um Verzeihung gebeten sei: Wasser? *»Dofir as mer mengen Duescht ze schad.«*

So. Nach diesem ehrlichen Bekennerschreiben wär dieser Clown hier gern mal kurz *geeizt*.

Und zwar schön *höösch*, bittesehr, denn:

Et jit net jerannt.

Das Mai-Mirakel von Stadtkyll

Ich künde, Leser, von einem Wunder. Es ereignete sich in einer Maiennacht am Rande des Dorfes Stadtkyll, in einer verwunschenen Waldgemarkung, die den Ortskundigen als »Die Herk«, gesprochen »Herrek«, seit alter Zeit bekannt ist. Dorthin begab sich die fromme, überkonfessionelle Gruppe der Mittwochsradler (weil: ein Evangele dabei). Das Ziel: Die Waldhütte von *Bohle Schäng*, nun im Besitz seines wohlgeratenen Erben Berni, ehemals, wie er sagt, »Rheinlandmeister im Messdienen«, um dort eine kleine Maiandacht zu feiern (ja, auch ich, Leser, durfte schon an diesem heiligen Orte den Göttern der Brau- und Branntkunst intensiv huldigen).

Nach, so schreibt Berni, »stundenlangem andächtigen Verweilen in der Herk-Kapelle«, habe man schließlich, sturzglaubenstrunken, die Heimfahrt angetreten. Doch war es dunkel, schon tiefe Nacht - und ebenso tief dräuten die Schlaglöcher gähnend auf der Piste. Und so geschah es: Peng! Zwo fromme Pilger, die an der Spitze der Prozession fuhren, stürzten in- und übereinander.

Doch, oh Wunder: Sie standen auf, intakt, alles noch dran, und auch die Räder blieben heil. Tränenblind dankten die Wallfahrer der hl. Mutter Maria, der sie, so Bernds Bericht, bereits »zuvor in der Andacht immer wieder kräftig zugeprostet hatten«.

Ja, Leser, dies ist wirklich passiert und zeugt von der tiefen Trinkfes... äh ... Frömmigkeit der Radpilger. Zum Zeugnis erinnert fürderhin, tief im Eifelwalde, ein Schrein samt Schrifttafel an dies' Mirakel. Und Bernd, beseelt von den Ereignissen jener Nacht, zimmerte zu Ehren Mariens sogar noch ein Holzfahrrädchen, um es dort zu platzieren.

Toll. Noch toller, sagt Bernd, sei es, wenn fremdes Wandervolk am Schrein innehalte: »Da stehen dann die Holländer und kratzen sich am Kopp.«

So schließt nun mein Bericht. Und du, Pilger, zu Fuß oder im Sattel, bedenke stets die Mahnung:

Et jit net jerannt.

Der Bildbeweis: Bernd und der Radaltar

Die schlimmen Schwestern

Ach, schön: Als der bereits mehrfach hier zitierte und ohnehin generalsympathische Hupperts Jupp – mit Wurzeln in Schwirzheim und Wohnstatt in Niederprüm - in der Redaktion zu Besuch war, habe ich ihn ja nicht wieder rausgelassen, bis er uns noch ein paar allerliebste Eifeler Geschichten geschenkt hat. Dabei hatte er noch einen dringenden, wichtigen Termin. Aber so geht das natürlich nicht: Der Leser verzeiht keine Pausen oder Ausfälle, ich muss hier ... wie heißt das? Ach ja: liefern, liefern, liefern.

Und Huppertsjuppes lieferte: Die Geschichte von Richard - »Rickes« - aus Gondelsheim. Und von dessen beiden Schwestern Gertrud und Katharina: »Traud« und »Kätt«. Nun muss man wissen, dass dieses Eifeler Trio sein Leben im gemeinsamen Hausstand fristete, da keiner der Drei jemals zum Heiraten gekommen war. Sie waren alle, wie die Eifeler sagen, »*lossleddich*«. Frei und ungebunden – sieht man mal von der Gebundenheit im geschwisterlichen Miteinander ab.

Die durch die unterbliebene Eheschließung freigewordene Zeit wusste Rickes bestens zu nutzen, allerdings auch, indem er gelegentlich ... nun ja. Dämon Alkohol! Kehrte er dann aber so spät wie trunken ins heimische Nest zurück, wurde er stets von den Schwestern zur Sau gemacht.

Das wussten natürlich seine Kumpels. Und so fragten sie ihn eines Tages, als er wieder zum Kegeln auftauchte, ob er denn nach dem letzten Gelage wieder von Traud und Kätt einen über die Nuss bekommen habe.

Rickes aber antwortete mit einem genialen Satz, den nur

ein Eifeler so hinbekommen kann: »*Ech jääf*«, er gäbe also, sagte Rickes, »*oos Traud dröm, wenn ich oos Kätt loss wär!*«

Et jit net jerannt.

Rüpel und Hoalejäns

Die werden den Tagesplan besprechen«, sagt die Liebste, während ich am Fenster stehe und fasziniert rausglotze (diese Kolumne, Herrschaften, wird im Urlaub geschrieben. Nur damit es mal einer merkt). Es ist aber auch ein Schauspiel: Wie sich allerlei Vogelvolk auf herbstlichem Astwerk, auf Dachfirsten und Kirchtürmen in perfekter Choreografie sammelt, um kurz was zu bezwitschern oder auszukrähen und dann in unterschiedliche Richtungen davonzuflattern. Dann tun sie sich in neuer Formation wieder zusammen und drehen noch ne Runde übers Dorf. Vermutlich geht's da um die anstehende Abreise zu fernen, wärmeren Gestaden, das will ja alles organisiert sein. Jedenfalls: So, zum Kuckuck, läuft Kommunikation, finde ich.

Meine letzte Kommunikation mit dem Chef (einem gewissen Teilzeittrierer namens Damian Schwickerath) lief so: Ich äußere einen (verständlichen, nachempfindbaren, durch dynamisch platzierte Argumente tiptop abgedeckten, zudem durch zahlreiche zumindest gefühlte Verdienste und Sonderleistungen bestens abgefederten, um im ornithologischen Zusammenhang zu bleiben) zaghaften Wunsch, der noch nicht einmal im Entferntesten mit Geld zu tun hat. Und was krieg ich? Jaanix. Äh, falsch, ich krieg ja doch was, nämlich: eine Anweisung. »Schreib lieber mal über die *Hoolejäns*!« Oder »*Hoalegäns*«, wie auch immer man das buchstabiert und spricht.

Na gut. Gibt man jedenfalls »Wildgänse« oder »Kraniche« im Zusammenhang mit »Hoolejäns« (die heißen wohl so, sagen die Wörterbücher, wegen des jahreszeitlichen Anklangs an »Hagel«, schlechtes Wetter, an Blitz, Donner und Doria – wisst ihr mehr, Leser? Dann her damit!) beim Überwachungsdienstleister Google ein, fragt das depperte Ding zurück: »Meinten Sie ›Hooligans‹?«

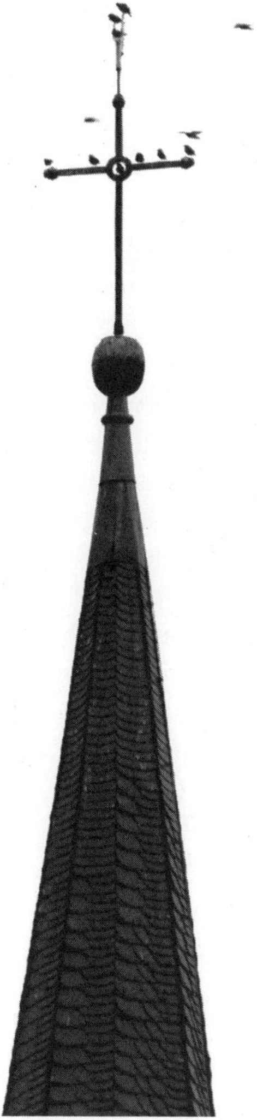

Nein, Google! Meinte ich nicht, du Tünnes! Aber immerhin hast du mich auf eine Idee gebracht: Jetzt geb ich nämlich gleich mal »Chef«, »Schwickerath« und *»Hooligan«* ein. Mal sehen was da alles kommt.

Et jit net jerannt.

Da mach sich einer mal einen Reim

Ich bin im Gedichtmodus, Leser, nur haut das alles irgendwie nicht hin.
Hier mein erster Versuch:

So rund't sich bald ein weit'res Jahr
das voller Apostrophe war ...

Äh ... anders. Nomma neu:

So geht ein weit'res Jahr vorbei
War's besser als das letzte? Nei'!!!

Hm, das wird so nix. Das hat man davon, wenn man sich zwingen lässt. Dann klingt alles so ... gezwungen, eben. Weil: Nach der Kolumne von voriger Woche muss ich natürlich den Chef wieder gefügig mach ... äh ... friedlich stimmen, und das ist gar nicht so einfach. Ich bat ihn also, Gnade und Versöhnung erheischend, um Rat und Tipps für eine Kolumne. Es folgte die gewohnt charmant hinausgeschossene schwickerath'sche Anweisung: »Herbst!«

Und so sitz ich jetzt hier und herbstle vor mich hin.
Herbst. Herb. Her ... ah, vielleicht so:

Herbei, ihr bunten Blätter, ach!
Nur macht beim Aufschlag nicht so'n Krach!

Auch bescheuert. So vielleicht?

Allersielen, Halloween
Krieg ich kein Gedicht mit hien!
Bauer fährt die Krumpern ein,
Chef kann mir gestohlen sein!

Mist, krieg ich natürlich nicht durch. Ah, jetzt: Ich hab's. Denn man muss das Soll übererfüllen, um die Mächte versöhnlich zu stimmen. Hier nun also kein Herbstgedicht. Ach was. Wir packen das ganze Jahr in vier Zeilen:

Frühling ist kaum fortgeweht,
Sommer kommt geschneit.
Herbst hat ihm den Hals gedreht,
Winter macht sich breit.

Geht doch. Oder, Chef?

Uff, danke.

Et jit net jerannt.

Zugabe!

Funken opjepasst!

Kolumne vom November 2011 als Ankündigung des ersten Sammelbands:

Nein, ich hätt's nicht gedacht. Niemals. Dass wir mit unserer Wochendepesche so lange durchhalten würden. Anderthalb Jahre! *Jesses!* Wobei das »Wir« in diesem Fall kein Schmandläffel-artiges Geseier zum Ranschmeißen ans Publikum ist, sondern ernst gemeint: Ohne euch, Leser, wär es nie so weit gekommen.

Meistens schreibt man ja was und hört danach nichts mehr. Hat wieder keiner gelesen, denkt man. Oder man kriegt drei Monate später gesagt, da habe man aber letztens einen ziemlichen Quatsch verzappt.

Aber hier: So viele Anregungen und Erläuterungen, so viele Tipps und Ideen sind mir geschickt worden, von so vielen total intelligenten, extrem sympathischen und (bestimmt!) sensationell gutaussehenden Lesern – immer wieder war da feinster Stoff dabei, aus dem ich kräftig *schäppen* konnte und den wir dann anschließend in unserer gemütlichen Samstagsecke verbraten haben. Deshalb ist das hier auch noch mal eine zwischengeschobene Dank-Kolumne. Mir fällt auch gar nix Lustiges dazu ein. Nur dass ich mich freue wie bekloppt.

Und das auch noch aus einem zweiten Grund: Denn wegen der – und hier ist das Wort wirklich mal angebracht – nachhaltigen Unterstützung aus der eifelseligen Leserschaft, und weil so viele danach gefragt haben, gibt es den gesammelten *Käu* demnächst sogar als, *Funken opjepasst!*, Tusch: Buch! Jawohl!

Da steht dann alles drin, was ich mir bisher so zusammengelogen habe, wahrscheinlich auch so manch *leddisch Strüh*.

Und noch ein bisschen mehr: Altes, Neues, Verschollenes und Gezeichnetes. Und Anmerkungen! Wir betreiben hier ja immerhin sowas wie Wissenschaft!

So, ich geh mich jetzt noch ein bisschen freuen. Schönes Wochenende! Was? Wann das Ding rauskommt? *Elo jäng*, also in diesen Tagen. Mitte November, wenn alles fluppt. Kost' auch fast nix. Und wie »dat Döngen heesche soll«? Ist doch klar: Et jit net jerannt!

Landlust, Landliebe, Land … Dingens

Unveröffentlichter Entwurf

Es stand schon mehrfach in allen Zeitungen: Das Zweimonatsmagazin »Landlust« hat seine Auflage schon wieder gesteigert. Beneidenswert. Das Blatt ist das erfolgreichste Projekt der vergangenen Jahre auf dem Zeitschriftenmarkt.

Und es hat ruckzuck (oder: rubbeldikabäss) jede Menge Nachahmer gefunden. Die heißen »LiebesLand«, »Landidee«, »Landleben«, »Landspiegel«, »LandGenuss«, zudem gibt's noch allerlei »Country«-Kappes. Und sie gehen alle weg wie geschnitten Brot. Zuerst einmal freut mich das: Da kann so mancher Schreiber oder Fotograf schön Geld verdienen.

Wenn ich aber durch diese Blätter … blätter', dann werd ich krabitzig: Diese inszenierte Heimeligkeit, die ewigen Back- und Einmachtipps, Gartenratschläge, Dekorationsdummheiten, alles in grün, braun oder sonstwie »natürlichen«, irdenen Heimeligkeitsfarben. Das permanente »Zurück zur, zum, zu« (Natürlichkeit, dem Echten, der Langsamkeit, Omas Rezepten, was auch immer). Da wird ein Idyll propagiert, das es gar nicht gibt.

Diese Magazine haben natürlich einen Vorteil: Fotos stinken nicht. Wenn die gut bestallten Stadteier, die das alles kaufen, wüssten, wie es hier manchmal müffelt, dann würden sie sich das anders überlegen. Wobei: Tun sie ja dann auch. Denn wirklich in die Provinz ziehen, wo es kein Internetz gibt, dafür aber jede Menge Windräder und tatsächlich: Bauern! Mist! Mief! Nein, so weit geht die Landliebe dann doch nicht.

Was das in mir auslöst? Stadtlust. Ich will dann sofort weg, durch hektisch lärmende Straßenschluchten stromern und sinnlos Sachen kaufen.

Was würde mir der Eifeler raten? »Afwaade. Dat jit sich.«
Bin ja schon still.
Et jit net jerannt.

Die gesungene Kolumne

Und hier noch einmal, weil es so schön geworden ist, das Lied des Collegium Vocale. Als mich Dirigent Harald Thome fragte, ob man nicht zur Franzosenkolumne (siehe Band I) eine Musik komponieren und einen Refrain hinzudichten könne, habe ich freudig »ja klar!« gerufen. Ein paar Mal haben wir die Nummer inzwischen gemeinsam präsentiert – und sie ist toll geworden. Sollten Sie also demnächst einmal die formschöne Sängertruppe erleben können: viel Vergnügen. Und danke, Jungs!

Franzosenlob

Text: Fritz-Peter Linden
Musik, Arrangement: Harald Thome

Schlägst du im Suff aufs Trottoir
Weil's in der Kulang rutschig war
Dann ist der Kamesol perdü
Hinüber auch der Paraplü

Die Kaross'rie ist malträtiert
Auch die Visage: derangiert
Und statt Pläsier hast du Malesse
Statt Amüsemang regiert Tristesse

Napoleon, Napoleon, wir sagen dir merci
Was du uns hinterlassen hast, vergessen wir dir nie!
Napoleon, Napoleon, wir danken dir so sehr
Weil ohne euch Franzosen unsre Sprache ärmer wär

Dann ist die Schähselong dein Ziel
Doch auch das Plümo hilft nicht viel
Es ist Finis mit verlustieren
Das Weib will nicht mit dir poussieren

Nichts ist kommod, nichts ist leger
Aus der Lameng klappt gar nichts mehr
Du hast Kadangs vorm nächsten Morgen
Nur Firlefanz, Schenanz und Sorgen!
Auch das, pardon, ist nicht sehr nett:
Der Doktor kommt mit dem Billet
Er steht dir lächelnd vis à vis
Du denkst: Das macht der par exküh!

Napoleon, Napoleon, wir sagen dir merci
Was du uns hinterlassen hast, vergessen wir dir nie! ...

So kujonierst du dich zwei Tage
kommst peu à peu aus deiner Lage
Und resümierst, was da geschehn:
Zum Glück hat's kein Gendarm gesehn!

Jetzt komm ich couragiert zum Schluss
Weil ich partout noch sagen muss:
Auch dies Malheur hättst du gebannt
Wärst du am Abend net jerannt!

Napoleon, Napoleon, wir sagen dir merci
Was du uns hier gelassen hast, vergessen wir dir nie!
Napoleon, Napoleon, wir danken dir so sehr
Weil ohne euch Franzosen unsre Sprache ärmer wär

Partitur

FRANZOSENLOB

für das collegium vocale

Musik: Harald Thome
Text: Fritz-Peter Linden

Machetjot

Original E-Mail-Dialog zwischen dem Verfasser und seinem stellvertretenden Chefredakteur Damian Schwickerath:

Montag, 17. September 2012 17:23:
fpl: Schbinjetzheim. Schön'abend!

Montag, 17. September 2012 17:30
ds: Wünschischdirauch

Dienstag, 18. September 2012 08:33
fpl: Schonbinschwiederda.

Dienstag, 18. September, 8:55
ds: Schauch

fpl: Schdachtetmirschon.

ds: Kennstmischhalt

fpl: Schbinwieschbin, dubiswiedebis, schweiset.

ds: Schauch

fpl: Findschjutso.

ds: Schauch

fpl: Freuschmisch.

ds: Unscherst

fpl: Sokammerschaffen, findsch.

ds: Schauch

fpl: Schfangdannmalan.

ds: Schauch
Machetjot

Mit freundlichen Grüßen
Damian Schwickerath
Stellvertretender Chefredakteur

Schnee-Gestöber

Das scheint ja überhaupt nicht mehr aufzuhören mit dem Schnee. Wissen Sie, was einen daran so besonders aufregt? Dass diese Massen immer erst im Februar vom Himmel rauschen, wenn man längst schon wieder mit anderen Dingen beschäftigt sein wollte. Im Dezember, ja, da hätten wir das weißglänzende Verkehrshindernis brauchen können. Dann würde man liebend gern wieder zum Kind und freute sich in aller Naivität auf - und über - die ausnahmsweise erfolgreich herbeigesehnte weiße Weihnacht.

Aber so? Weihnachten vorbei, Vierschanzen-Tournee gelaufen, Neujahr längst vergessen. Aber Schnee, Schnee, Schnee. Mann!

Man kann es sich eben nicht aussuchen. Also muss man das Beste draus machen: Gestern war schließlich der 100. Geburtstag von Erich Kästner. Dem sie immer vorgeworfen haben, seine Geschichten seien nicht ernsthaft, nicht »tief« genug. Das ist natürlich gepflegter Blödsinn: Das fliegende Klassenzimmer, Emil und die Detektive, Der kleine Grenzverkehr und so weiter. Alles voller Witz und vor allem Wärme. Und deshalb genau das Richtige für dieses Winter-Chaos.

Also wieder einmal im Bücherregal gestöbert, »Drei Männer im Schnee« rausgezerrt, angefangen, festgelesen! Passt nicht nur prima zur Jahreszeit. In diesem verspielten Schmöker stehen auch 1a Sätze wie »Sie lobten wechselseitig ihre Hautfarbe, tranken Limonade und ergingen sich.« Herrlich albern geht es zu in Doktor Kästners Schnee-Scharade, und am Ende bricht das hemmungslose Happy End so gnadenlos über die drei Helden Hagedorn, Kesselhuth, Tobler und natürlich den Leser herein, dass einem Tränen so dick wie die Schneeflocken draußen aus den Augen rutschen. Wunderbar! Wärmend! Lesen!

Und jetzt wieder raus zum Schneeschippen.

25. Dezember 2011: Premierenlesung »Et jit net jerannt«

Ach, war das schön: die Präsentation des ersten Kolumnenbands auf der Kleinkunstbühne bei Ruth in Stadtkyll, am ersten Weihnachtstag 2011 – und als Schutzheiliger war, unfassbar, Harry Rowohlt dabei (Harry, ich bin dir ewig dankbar. Und dreitausend Tage!).

Auf vielfachen Wunsch meines lieben Kollegen Christian Brunker hier Auszüge aus dem Volksfreund-Artikel danach, verfasst von meinem lieben jetzt-nicht-mehr-Kollegen Christian Brunker, dem ich hier, zusammen mit der lieben Kollegin Steffi Glandien, noch schnell für fünf gemeinsame Top-Jahre in der Redaktion Prüm danke. Christian, du hast das Wort:

Stadtkyll. Doppelte Premiere im kleinen ArtBistro in Stadtkyll: Zum ersten Mal liest Autor Fritz-Peter Linden aus seinem Buch »Et jit net jerannt« – und zum ersten Mal wird eine Lesung live in den benachbarten Schankraum übertragen. Denn das Interesse an der Veranstaltung war so groß, dass sie innerhalb von nur wenigen Stunden komplett ausverkauft war – was, zumindest zum Teil, am zweiten Stargast des Abends liegen mag: Harry Rowohlt, seines Zeichens Autor, Übersetzer, Kolumnist und bekennender Boykotteur des Springer-Verlags und der Thalia-Buchhandlung. Der Meister der Abschweifung, von dem Elke Heidenreich sagte, man müsse ihn »nach fünf Stunden von der Bühne bomben« ...

Gemeinsam gewähren Linden und Rowohlt tiefe Einblicke in Weltsicht und Sprache des Eifelers, gewürzt mit Anekdoten aus aller Welt. Ob über das immer gleiche Ritual des sich von der Theke Verabschiedens (»Den Letzten hammer immer noch jetrunken«), die Integration (»Ich bin kein Neger, ich bin Stadtkyller«) oder das Liebesleben (hinterher meine man immer, »et wär net nüedisch jewäädst«), Linden zeigt, dass seine Eifeleinsichten im persönlichen Vortrag noch gewinnen. So mancher Zuhörer wischt sich die Lachtränen aus dem Augenwinkel.

Ganz besonders natürlich, wenn sich der bekennende Hamburger Rowohlt auf Wunsch Lindens an den Eifeleinsichten versucht – trotz einer klitzekleinen Hürde: »Es gibt nur einen Dialekt, den Harry nicht kann. Und das ist unserer«, sagt Linden. Deshalb habe er ihm gesagt, er solle es einfach ein bisschen kölnisch einfärben. Und so nimmt Rowohlt die Zuhörer mit auf die Reise unter dunklen Regenwolken hindurch in Richtung Heckhalenfeld und zu den schönsten Ortsnamen der Welt, von Jucken bis Brecht.

Dreieinhalb Stunden voller Eifeler und Hamburger Weisheit später, nach ungezählten Zigaretten, geht dieser unvergessliche Weihnachtsabend schließlich viel zu früh zu Ende. Man hätte den beiden Protagonisten noch viele Stunden zuhören können.

Foto: Christian Brunker

Die Höhen des Iselek mit dem Elektroherd überwinden

Den Gegenwind im Gesicht, und ohne Schwitzen die Steigungen des Islek auf dem Elektrorad überwinden. Dies alles ist nun im Islek möglich. Tempo und Distanzen sind erreichbar, die sonst den Radkurieren und Rennradfahrern vorbehalten sind.
Durch die elektrische Unterstützung beim Treten des Elektrorades werden Steigungen fast mühelos überwunden. Die Radfahrer werden belohnt mit herrlichen Ausblicken und gastfreundlichen Ortschaften in der Region. Auch Distanzen werden spielend gemeistert, da eine Akkuladung für mindestens 50km ausreicht!
Unser spezielles Eröffnungsangebot für die Sommermonate buchbar nur in der Tourist-Information Arzfeld.

Mittwochs zum halben Preis
Samstag und Sonntag: 2 Tage mieten - 1 Tag bezahlen
Regulärer Mietpreis: 22 EUR/24 Stunden
Reservierung: Tourist-Information Arzfeld
Luxemburgerstraße 5, 54687 Arzfeld
Tel.: 06550 961080 E-Mail: ti@islek.info

Der neue Trend im Eifeltourismus:
elektrisch angetriebene Geländeherde

Leider wurde bei dieser Anzeige im Amtsblatt der Verbandsgemeinde Arzfeld ein falsches Foto verwendet. Auch der Iselek ließ sich bis heute nicht auf der Karte finden. Im *Islek* aber ist es wunderschön!